IQ《アイキュー》探偵《たんてい》ムー

浦島《うらしま》太郎《たろう》殺人《さつじん》事件《じけん》〈上〉

作《さく》◎深沢《ふかざわ》美潮《みしお》　画《が》◎山田《やまだ》J太《じぇいた》

ポプラ社

「おお、いよいよ殺人事件か！　だとすると、探偵役は誰にする？　まさか乙姫とか？」

「いや、浦島太郎本人がするというのはどうだろう？」

「ええ？　だって、被害者だろ？」

「そう。被害者が探偵なんだ」

わけがわからないという顔の小林と元を見て、夢羽は楽しそうに笑った。

深沢美潮《ふかざわみしお》

武蔵野美術《むさしのびじゅつ》大学造形学科卒《だいがくぞうけいがっかそつ》。コピーライターを経《へ》て作家《さっか》になる。著作《ちょさく》は、『フォーチュン・クエスト』、『デュアン・サーク』（電撃文庫《でんげきぶんこ》）、『菜子《なこ》の冒険《ぼうけん》』（富士見《ふじみ》ミステリー文庫）、『サマースクールデイズ』（ピュアフル文庫）など。ＳＦ作家《さっか》クラブ会員《かいいん》。みずがめ座《ざ》。動物《どうぶつ》が大好《だいす》き。好《す》きな言葉《ことば》は「今《いま》からでもおそくない！」。

山田《やまだ》 Ｊ《じぇい》 太《た》

１／26生《う》まれのみずがめ座《ざ》。O型《がた》。漫画家兼《まんがかけん》イラスト描《か》き。『マジナ!』（企画《きかく》・原案《げんあん》EDEN'S NOTE／アスキー・メディアワークス「コミックシルフ」）、『ぎふと』（芳文社《ほうぶんしゃ》「コミックエール!」）連載中《れんさいちゅう》。１巻発売《かんはつばい》の頃《ころ》やって来《き》た猫《ねこ》は、3才《さい》になりました（人間《にんげん》で言《い》うと28才《さい》）。

★目《もく》次《じ》

★登場人物紹介《とうじょうじんぶつしょうかい》●●●

杉下元《すぎしたげん》

小学五年生《しょうがくごねんせい》。好奇心旺盛《こうきしんおうせい》で、推理小説《すいりしょうせつ》や冒険《ぼうけん》ものが大好《だいす》きな少年《しょうねん》。ただ、幽霊《ゆうれい》やお化《ば》けには弱《よわ》い。夢羽《むう》の隣《となり》の席《せき》。

茜崎夢羽《あかねざきむう》

小学五年生《しょうがくごねんせい》。ある春《はる》の日《ひ》に、元《げん》と瑠香《るか》のクラス五年一組《ごねんいちくみ》に転校《てんこう》してきた美少女《びしょうじょ》。頭《あたま》も良《よ》く常《つね》に冷静沈着《れいせいちんちゃく》。

ラムセス

夢羽《むう》といっしょに暮《く》らすサーバル・キャット。

杉下春江《すぎしたはるえ》、亜紀《あき》

元《げん》の母《はは》、妹《いもうと》。

塔子《とうこ》

夢羽《むう》の叔母《おば》。本名《ほんみょう》はユマ・ウィルキンソン。

小林聖二《こばやしせいじ》

五年一組《ごねんいちくみ》の生徒《せいと》。
クラス一頭《いちあたま》がいい。

大木登《おおきのぼる》

五年一組《ごねんいちくみ》の生《せい》徒《と》。食《く》いしん坊《ぼう》。

河田一雄《かわだかずお》、島田実《しまだみのる》、山田一《やまだはじめ》

五年一組《ごねんいちくみ》の生徒《せいと》。「バカ田《だ》トリオ」と呼《よ》ばれている。

江口瑠香《えぐちるか》

小学五年生《しょうがくごねんせい》。元《げん》とは保育《ほいく》園《えん》の頃《ころ》からの幼《おさな》なじみの少女《しょうじょ》。すなおで正義感《せいぎかん》も強《つよ》い。活発《かっぱつ》で人気《にんき》がある。

小日向徹《こひなたとおる》

五年一組《ごねんいちくみ》の担任《たんにん》。
あだ名《な》はプー先生《せんせい》。

内田里江《うちだりえ》、金崎《かねざき》まるみ、木田恵理《きだえり》、桜木良美《さくらぎよしみ》、末次要一《すえつぐよういち》、高瀬成美《たかせなるみ》、高橋冴子《たかはしさえこ》、水原久美《みずはらくみ》、溝口健《みぞぐちけん》、三田佐恵美《みたさえみ》、目黒裕美《めぐろひろみ》、安山浩《やすやまひろし》

五年一組の生徒。

★銀杏《いちょう》が丘《おか》市《し》MAP
農業高校
吉野湯
自動車工場
久美の家
営プール
第二小
第二中
咲間川
喫茶ナイアガラ
警察署
国道
カムパネルラ商会

裏山
島田の家
五部林公園
愛子が淵
和野戸神社
瑠香の家
夢羽の家
元の家
第一中
第一小
エリーゼ女子大
寿万寺
あけぼの湯
N
ギンギン商店街
コミュニティ
センター
薬局
寿湯
図書館
銀行
州子稲荷

浦《うら》島《しま》太《た》郎《ろう》殺《さつ》人《じん》事《じ》件《けん》〈上〉

「浦島《うらしま》太《た》郎《ろう》」

文部省唱歌

むかしむかし　浦島は
助けたカメに連れられて
龍宮城《りゅうぐうじょう》へ来て見れば
絵にもかけない美しさ

乙《おと》姫《ひめ》様《さま》のごちそうに
タイやヒラメの舞《ま》い踊《おど》り
ただ珍《めずら》しくおもしろく
月日のたつのも夢《ゆめ》のうち
遊びにあきて気がついて

おいとまごいもそこそこに
帰る途中《とちゅう》の楽しみは
みやげにもらった玉手箱

帰って見れば　こはいかに
もといた家も村もなく
路《みち》に行きあう人々は
顔も知らない者ばかり

心細さに　ふた取れば
開けて　くやしき玉手箱
中からぱっと白けむり
たちまち太郎《たろう》はおじいさん

★学芸会のシーズン

1

十一月……。

校庭の端《はし》に、ぐるっと植えられている銀杏《いちょう》の木が黄色に色づき始めた頃《ころ》、その名も銀杏《いちょう》が丘《おか》第一小学校では恒例《こうれい》の学芸会が行われる。

目下のところ、校内はその話でもちきりだった。

「ねぇ、元《げん》くん。せっかく主役にしたげるって言ってるんでしょう⁉ 素直《すなお》に喜びなさいよ！」

いきなりこの高圧的《こうあつてき》な態度《たいど》、ものの言い方。

杉下元《すぎしたげん》は、江口瑠香《えぐちるか》の顔をうんざりしたようすで見た。

彼《かれ》らは銀杏《いちょう》が丘《おか》第一小学校の五年生。

銀杏《いちょう》が丘《おか》第一小学校の学芸会は、一、二年生は先生の指導《しどう》による歌とダンス、三、四年は歌と合奏《がっそう》、そして五、六年生は各クラスでミュージカル劇《げき》と決まっている。

いつから決まっているのかはわからないが、五、六年生になると、先生が演目《えんもく》を決めるのではなく、子供《こども》たちが何をするかまで考えることになっていた。

もちろん、生徒全員が出るわけではない。舞台《ぶたい》を作ったり、衣装《いしょう》を作ったりする裏方《うらかた》役も多いし、看板《かんばん》を作ったり、パンフレットを作ったりする子供たちもいる。

できるだけ生徒の自主性《じしゅせい》を尊重《そんちょう》し、自力でなんとかすることというのが、第一小学校の方針《ほうしん》である。

元《げん》たちのクラスでは、まず、どんな劇をするか、班《はん》ごとにアイデアを出し合うことになり、元《げん》たちの班の班長、瑠香《るか》は創作《そうさく》ミュージカルをやろうと張り切っていた。

しかも、その主役を元《げん》に……というのだ。

「だって、元《げん》くん、こう見えてけっこういい声してるし、歌だって悪くないじゃん。保《ほ》育園《いくえん》の時もさ、主役やったもん。それ以来、小学校ではパっとしないけど……。だから、ここらでもうひと花咲《さ》かそうよ！」

まったく。

どういう言い方だよ。『こう見えて』とか『パっとしない』とか。それに、別に『もうひと花』咲かせたいだなんて考えちゃいないってんだ！

保育園《ほいくえん》の時に主役をやったと言ったって……。

あれはもう思い出したくもない。

『裸《はだか》の王様』の劇《げき》をやったのだが、元《げん》は王様役で、文字通り、芝居《しばい》の最初から終わりまで、ほとんどパンツ一丁。本番では、急性鼻炎《きゅうせいびえん》になってしまったらしく、派手《はで》なクシャミが止まらなかった。

その上、ドドドっと勢《いきお》い余《あま》ってこけた家来役の子が元《げん》のたった一枚《まい》の衣装《いしょう》……つまりパンツを両手でつかんだ！　結果、おしりが丸見えになってしまうという事態《じたい》になり……ものすごい大恥《おおはじ》をかいたのである。

しかもしかも、それはビデオでバッチリ残っている。

親戚中《しんせきじゅう》で見に来てたもんだから、いまだに言われる始末。

つまり、学芸会でやる劇《げき》なんてのには絶対《ぜったい》に出たくないわけで。小学校に入ってからは、できるだけ目立たないようにと、脇役《わきやく》に徹《てっ》してきた。

もちろん、今回もそのつもりだったのに。

「いいじゃん。浦島太郎《うらしまたろう》なら、似合《にあ》うと思うよ」

クラスで一番大柄《おおがら》な男子、大木登《おおきのぼる》がわりとまじめな顔で言った。

すると、瑠香《るか》の横の席にいたクラス一の秀才《しゅうさい》、小林聖二《こばやしせいじ》までもが、

「そうだな。今回の『ミュージカル・浦島《うらしま》太郎《たろう》』は、いい意味でも悪い意味でも『普通《ふつう》』の人間にしたいからね。元《げん》なんかぴったりだと思うよ」

なんてことを言い出すのだ。

「ちょ、ちょっと待ってくれよ！　あのさ。別に、オレたちはアイデアを出すだけで、まだ配役まで考えなくてもいいだろ？　他の班《はん》から主役が出るかもしれないじゃないか！」

元《げん》があわてて言うと、瑠香《るか》は「ふん！」と鼻を鳴らした。

「いいのよ。せっかく提案《ていあん》するのなら、具体的なほうがみんなも想像《そうぞう》しやすいでしょう？　ま、結果、違《ちが》う人が主役になる可能性《かのうせい》も大いにあるんだけどさ。とりあえず、台本は小林《こばやし》くんと夢羽《むう》、演出《えんしゅつ》はわたし。このトリオが通ればいいんだから！」

ったく……。

言いたい放題《ほうだい》とはまさにこのことである。

ちなみに、今回の班は席順ではなく、好きに組んでいいということだったので、元《げん》、瑠香《るか》、夢羽《むう》、大木《おおき》、小林《こばやし》の五人で班を作り、班長は瑠香《るか》、副班長は小林《こばやし》と決まった。

もちろん、さっさと決めていったのは瑠香《るか》なのだが。

元《げん》がムっとしている横で、大木《おおき》が間《ま》のびした声を出した。

「あのぉ……演出とか台本って、なんなの？」

2

「あのね。演出《えんしゅつ》っていうのは、劇《げき》をちゃんといいものにするために、いろいろする人のことよ！」

瑠香《るか》が胸《むね》を張《は》って答える。

でも、その説明では大木《おおき》も困《こま》った顔で首を傾《かし》げるだけだ。

瑠香《るか》はぶ然とした顔で口をとがらせた。

「な、何よぉ！　これ以上はなんて言えばいいか、わたしだってわからないわよ！　いろいろありすぎるんだからね」

すると、小林《こばやし》が苦笑して補足《ほそく》した。

「台本のことを先に言うと……舞台《ぶたい》のようす、役者の動きなどを書いたもの、あ、これを『ト書《とが》き』と言うんだけど、それと役者の台詞《せりふ》を書いた本のことを言うんだ。脚本《きゃくほん》とも言うよね。で、その台本をもとに役者が演技《えんぎ》するんだけど、その演技指導《しどう》をしたり、舞台装置《そうち》のことを考えたりするのを演出って言うんだ。脚本を書く人を脚本家、演出をする人を演出家と言うな」

「ふうーん……、そうかぁ。ようやくわかったよ。テレビでよく聞くんだけど、なんなのかわからなかったんだ」

大木《おおき》が大いに感心してうなずく。

その横で、元《げん》はまだおもしろくない気分だった。

たしかに、自分はどこからどう見ても、典型的な普通《ふつう》の小学五年生である。背《せ》も普通だし、体格《たいかく》も普通。

坊主《ぼうず》に近い短髪《たんぱつ》で、クリっとした元気な黒い目、人なつっこい顔。野球帽《やきゅうぼう》がよく似合《にあ》う、まさにどこにでもいそうな男子だ。

小さな出版社《しゅっぱんしゃ》の営業《えいぎょう》をしている父と専業主婦《せんぎょうしゅふ》の母、同じ小学校に通う二年生の妹亜紀《あき》……の四人家族。

勉強も、小林《こばやし》ほどできるってわけじゃないが、目立つほどの劣等生《れっとうせい》ってわけでもない。運動もそこそこ。

くそおぉ、『いい意味でも悪い意味でも普通《ふつう》』って……。反論《はんろん》できないじゃないか！

元《げん》は改めて自分のことを考え、かなり凹《へこ》んでしまった。

そりゃそうだ。

人間、みんな自分という物語においては、自分が主役だ。

その主役が平々凡々《へいへいぼんぼん》、『いい意味でも悪い意味でも普通《ふつう》』だなんて。そんな物語、誰《だれ》が読みたいだろう⁉

ふと横を見ると、美少女が興味《きょうみ》のなさそうな顔で片手《かたて》にあごをのせ、机《つくえ》にひじをついていた。

ぼさぼさの長い髪《かみ》だが、その横顔は完璧《かんぺき》すぎるほど美しい。

嫌味《いやみ》にならない程度《ていど》に高い鼻はすんなりと、その横顔を形作り、物憂《ものう》げな瞳《ひとみ》を縁取《ふちど》るまつげの長くて濃《こ》いこと！

透《す》けるような白い肌《はだ》にほんのり色づいたつややかな唇《くちびる》がポイントになっている。

ほっそりした手にのせられた小さなあごはつんととがっていて、ものすごくかわいい。

元《げん》には、その存在《そんざい》そのものが謎《なぞ》だったし、汗《あせ》や土にまみれ、もしかしたらよだれだの鼻水だののもくっついていそうなクラスの男子どもと同じ人間だとはとても思えなかった。

いや、男子だけじゃない。目の前で、とうとうと偉《えら》そうに意見を言っている瑠香《るか》だって、普通《ふつう》よりはだいぶかわいい部類の子だと思う。

くるりんときれいにカールさせたツインテール、生き生きした目、女の子らしい流行《はやり》のファッション……。

しかし、やっぱり茜崎夢羽《あかねざきむう》には敵《かな》わない。敵うとか敵わないとか、そういう問題じゃない。

そうだ！

まったく違《ちが》う世界の人だとしか思えなかった。

それに、彼女《かのじょ》は授業中《じゅぎょうちゅう》よく居眠《いねむ》りをしているのに、小林《こばやし》の次くらい成績《せいせき》もいい。

数々の事件《じけん》の謎《なぞ》もさらりと解《と》いてしまうくらい天才的な推理力《すいりりょく》も持っている。

とにかく……どう考えたって、『普通《ふつう》』な元《げん》には太刀打《たちう》ちできる相手ではないのだ……。

なんだかそう思うと、ますます気分が凹《へこ》んできてしまった。

「ん？　元《げん》、どうかしたのか？」

ぼんやり前を見ていた夢羽《むう》が急にこっちを見たもんだから、内心あわてふためき。

だから、とってつけたような質問《しつもん》をした。

「い、いや……！　べ、別に。えっと……そ、そうだ！　夢羽《むう》は台本とか書いたことあるのか？」

夢羽《むう》のちょっと色素《しきそ》の薄《うす》い瞳《ひとみ》が大きくなり、スーっと焦点《しょうてん》が定まる。

「いや、書いたことはないな」

「そ、そうか……」

ふたりの会話を瑠香《るか》が聞きとがめた。

「いいのよ！　実際《じっさい》に書くのは小林《こばやし》くんなんだから。夢羽《むう》はね、アイデアを出してくれればいいの。ね、あいつらには絶対負《ぜったいま》けられないんだから！　小林《こばやし》くん、いい台本、頼《たの》むわよ！」

瑠香《るか》は肩越《かたご》しに後ろの男子たちをにらみつけた。

彼女《かのじょ》の視線《しせん》の先でふざけあっていたのは、三人の男子たち。河田一雄《かわだかずお》、島田実《しまだみのる》、山田《やまだ》一《はじめ》。この三人は、そろいもそろってがさつでうるさく、瑠香《るか》に言わせればお猿《さる》さん並《な》み……いや、それ以下。全員名字に『田』がつくところから、人呼《よ》んで『バカ田《ダ》トリオ』と言う。

今も消しゴムのカスを投げ合い、近くにいる女子たちからにらみつけられている。

それでもまったく気にしないのが彼《かれ》らだ。

先生に叱《しか》られようが、クラスメイトにどう思われようが、まったく関係ない。

そのバカ田《ダ》トリオが、次の学芸会では絶対に自分らの案を採用《さいよう》させるんだと、張《は》り切《き》っている。

日頃《ひごろ》から天敵《てんてき》の瑠香《るか》は、さっきバカ田《ダ》トリオが「他の班《はん》が考える案なんかたかが知れている、時間の無駄《むだ》だから、おまえら考えるな!」などとほざいていたのにムカっとして言い放った。

「あんたらの考えた劇《げき》なんか、絶対《ぜったい》やりたくないわよ! だいたいあんたらの案なんか通るわけないじゃない!」

すると、バカ田《ダ》トリオのなかでもリーダー的存在《そんざい》の河田《かわだ》が言い返した。

「ほっほぉー！　だったらなぁ、もし、オレたちの案に決まったらどうする？　鼻からスパゲッティでも食ってもらおうか！」

売り言葉に買い言葉。前に、アニメで見た台詞《せりふ》をまねした。

「ええ、いいわよ！　スパゲッティだろうが、うどんだろうが、鼻から食べるわよ！　その代わり、こっちが勝ったらあんたらが鼻から食べるのよ！」

その場の勢《いきお》いで、瑠香《るか》も受けて立った。

だが、すぐに後悔《こうかい》した。

なんと……バカ田《ダ》トリオはちっとも怖《こわ》くなかったが、彼《かれ》らの班《はん》には高瀬成美《たかせなるみ》がいたからだ。

彼女《かのじょ》は今年《ことし》の夏、子供《こども》向けのミュージカルのオーディションに見事、最終選考まで残ったらしい。残念ながら、最終選考で落ちてしまったが、それにしてもすごい。オーディションには千人近い応募《おうぼ》があったというのだから。

彼らがやろうとしているのは、世界的にも有名なミュージカル、『レ・ミゼラブル』だ。

彼らというより、その成美《なるみ》のお母《かあ》さんの案なんだそうで。ちらっと聞いた話によれば、そのお母さんは大のミュージカル好きで、主立《おもだ》ったミュージカルは全部見ているという話。

彼らが使う台本も、実際《じっさい》に使われている台本なんだそうで。それをお母さんが子供たち向きに直したという。

しかも、そのお母さん、大学の先生だというからかなり強敵《きょうてき》である。

これはもしかすると、もしかするかもしれない！

瑠香《るか》は内心、けっこう焦《あせ》っているようすだった。

3

「それにしても、なんで『浦島太郎《うらしまたろう》』なんだよ！」

元《げん》が聞くと、瑠香《るか》もウッとつまり、小林《こばやし》を見た。

「そ、そうね……。ねえ、小林《こばやし》くん、なんで『浦島太郎《うらしまたろう》』なの⁉」

すると、大木《おおき》も夢羽《むう》も小林《こばやし》を見た。

演目《えんもく》を考えるにあたり、どうせだったら創作《そうさく》ミュージカルにしようと言いだしたのは小林《こばやし》だ。

そして、題材はぜひ『浦島太郎《うらしまたろう》』がいいと言った。

色白の小林《こばやし》は、縁《ふち》なしの眼鏡《めがね》の中央、鼻の付け根にのっかった部分を人差し指でツッと押《お》し上げ、皆《みな》を目だけで見回した。

「まず、創作物《そうさくもの》をするんだったら、もとになる題材をみんなが知ってたほうがやりやすいんだよ。『浦島太郎《うらしまたろう》』なら、誰《だれ》だって知ってるだろ？　まぁ、『うさぎとかめ』でもいいんだけどね。とにかく説明なしでも、ストーリー展開《てんかい》がわかるのがいい」

なるほどな。

たしかに、『浦島太郎《うらしまたろう》』のストーリーはみんな知っている。

子供《こども》たちにいじめられていたカメを助け、そのお礼にとカメの背《せ》に乗って竜宮城《りゅうぐうじょう》へ行く。

ごちそうを食べ、タイやヒラメの舞《ま》い踊《おど》りを見ているうちに時を忘《わす》れ、そろそろ帰らなくちゃという時になって、乙姫《おとひめ》様から玉手箱をもらう。

絶対《ぜったい》開けてはなりませんよと言われたのだが、地上にもどってみたら、自分が考えているよりずっと年月がたっていて、自分を知ってる人など誰《だれ》もいない。

びっくりした浦島太郎《うらしまたろう》は、つい玉手箱を開けてしまい……なかから白い煙《けむり》が出て、おじいさんになってしまうという話である。

「これほど昔から日本人に親しまれている物語はないかもしれないよね。だからなのか、いろんなところで伝説として残ってるんだ。なんとバハマ諸島《しょとう》のほうでも、すごくよく似《に》た話があるそうだよ」

小林《こばやし》は瑠香《るか》から演目《えんもく》の話を持ちかけられ、すぐに『浦島太郎《うらしまたろう》』を題材にしようと思いついたらしい。そこで、インターネットなどを使って、いろいろ調べたんだとか。

「ねえ、そもそも『浦島太郎《うらしまたろう》』って誰が書いたものなの？」

瑠香《るか》が聞くと、小林《こばやし》はノートに目を走らせ、そのことについて書いてあるところを指で示《しめ》した。

「どうやら、一般的《いっぱんてき》には本で残っている一番古いものは『日本書紀《にほんしょき》』という本なんだけど、さらにもとになった物語があってね。今は発見されてないけど、『丹後国風土記《たんごのくにふどき》』というなかで書かれていたらしい。作者は伊預部馬養《いよべのうまかい》という説があるんだそうだ」

「ふ――ん……」

そんなことを言われても、何が何やらという顔の瑠香《るか》。

それは元《げん》も大木《おおき》も同じだった。

夢羽《むう》だけは知っているようないないような、どちらとも取れる表情《ひょうじょう》……つまりはいつも通り何を考えてるかわからない顔をしていた。

みんなの反応《はんのう》がいまいちなのを見て、小林《こばやし》は苦笑した。

「ま、そういうのはたいして問題じゃないんだけどさ。なんとこの話、西暦《せいれき》七百年くらいに書かれたものが原典らしいんだ」

「西暦七百年⁉」

「そうそう。まぁ、ざっと千三百年以上前の話ってことになるな」

「ひょぇぇー‼」

「ふわぁぁ……」

これにはみんな驚《おどろ》いた。

もちろん、そんなことを言われても実感なんかないのだが、とりあえず気が遠くなるような気分である。

「で、みんなの知ってるような話になったのは室町《むろまち》時代からだし、さらに定着したのは明治《めいじ》から昭和《しょうわ》にかけての国定《こくてい》教科書『尋常《じんじょう》小学読本』なんだってさ」

「ふううん……」

「それに、変な話だろ？『浦島太郎《うらしまたろう》』って。カメに乗って竜宮城《りゅうぐうじょう》へ行って、帰ってきたら時がたってて、もらった玉手箱から白い煙《けむり》が出て、老人になってしまうだなんて。まるでSFじゃないか」

「SF？」

SFというのはサイエンス・フィクションの略《りゃく》。タイムマシンものや宇宙《うちゅう》が舞台《ぶたい》になっていたり、謎《なぞ》の生物が出てきたり……という、まぁ大ざっぱに言えば空想科学小説のことだ。

SFの本も映画《えいが》も大好きな元《げん》は急に目を輝《かがや》かせ、食いついた。

小林《こばやし》は目を細め、にやりと笑った。

「だってさ。ちょっと考えればわかるだろ？　カメに乗って海のなかをどうして人間の浦島太郎《うらしまたろう》が行けたのか。息できないのに」

「そっかぁ！　もしかすると……カメというのは潜水艦《せんすいかん》のことかもな！」

「潜水艦という説もあるけど、もっと飛躍《ひやく》して宇宙船《うちゅうせん》っていう説もあるくらいなんだ」

「宇宙船⁉」

と、聞き返したのは瑠香《るか》である。

彼女《かのじょ》の頭のなかでは、舞台《ぶたい》に銀色の円盤《えんばん》が置かれ、そこに乗りこむ元《げん》の姿《すがた》が浮《う》かんでいた。もちろん、着物を着て腰《こし》みのをつけ、釣《つ》り竿《ざお》を持ったおなじみのスタイルで。

うん、これはいい！

絵になる‼

「いいわね。それ、いいじゃない⁉　おもしろいよ。ＳＦミュージカルにしようよ！」

瑠香《るか》が言うと、小林《こばやし》はうなずいた。

「うん、最初からそのつもりだよ。しかも、茜崎《あかねざき》がいるんだし、せっかくだからサスペンスやミステリー的な要素《ようそ》も加えようと思うんだ」

名前を呼《よ》ばれ、夢羽《むう》は眠《ねむ》たげな目をふうっと開けた。

瑠香《るか》はもう大喜びだ。

「やったぁ！　ふっふっふふ、もうこっちのもんよ。そんなねぇ、親が直したようなどこかの台本使った安直《あんちょく》なものより、子供《こども》たちが自分で考えて書いたもののほうが、先生受けするもんね。それに、みんなだってバカ田《ダ》トリオのより、小林《こばやし》くんや夢羽《むう》のほうに票を入れるよ。ふっふふふ、あいつら、どんな顔してスパゲッティを鼻から食べてくれるのかな。楽しみ楽しみ！」

悪巧《わるだく》みを思いついたキツネのような目でバカ田《ダ》トリオたちを見ながら、せせら笑った。

女の子としては、それやめたほうがいいよと、のどまで出かかったが、なんとかこらえた。そんなことを言ったら、いったいどんなことを言い返されるか。

何も知らない河田《かわだ》たちはまだ消しゴムのカスの投げ合いをしている。

その図を見ながら、元《げん》は少しだけだったが、今度の学芸会が楽しみになってきていた。

もちろん、浦島太郎《うらしまたろう》役を自分がやるというのには抵抗《ていこう》があったが。

まぁ、そっちはなんとかなる。他の生徒がやればいいんだ。

4

「むかしむかし　浦島《うらしま》は
助けたカメに連れられて
竜宮城《りゅうぐうじょう》へ来て見れば
絵にもかけない美しさ」

『浦島太郎《うらしまたろう》』の歌は、これまた誰《だれ》でも知っている。

しかも、歌詞《かし》がそのままストーリーになっているのだから、申し分ない。

「いちおう、他の部分に歌をはさんだりもするけど、基本《きほん》はこの歌にしようと思うんだ」

下校途中《とちゅう》、小林《こばやし》はそう話した。

どうやら、彼《かれ》もそうとう今回の話は乗り気らしい。

「まぁ、カラオケとかあるわけじゃないからね。そこんとこがつらいけど……」

「いいじゃない？　そんなの、みんなで大きな声で歌っちゃえばいいのよ。昔の歌なんて、そんなもんでしょう？　それに、きっと里江《りえ》ちゃんがピアノの伴奏《ばんそう》つけてくれるし」

里江《りえ》ちゃんというのは、フルネーム内田里江《うちだりえ》という。小さな頃《ころ》からピアノを習っていて、かなりの腕前《うでまえ》なのだ。

「そうだね。じゃあ、そうしよう」

「うん、わたしがちゃんと根回《ねまわ》ししとくからだいじょうぶ！」

根回しなんていう言葉が出てくるところが、瑠香《るか》らしい。

彼女《かのじょ》はまたも、ずる賢《がしこ》いキツネの顔でヒッヒッヒと笑った。

それ、やめたほうがいいなぁ……と、再《ふたた》び元《げん》は思ったが、もちろん今回もそんなこと絶対《ぜったい》に言いやしない。

「夢羽《むう》も考えておいてね！」

瑠香《るか》が夢羽《むう》の華奢《きゃしゃ》な背中《せなか》をたたいた。

彼女《かのじょ》はちょっと驚《おどろ》いたような顔をしたが、実に優《やさ》しく微笑《ほほえ》んだ。

乙姫《おとひめ》役が夢羽《むう》なら、浦島太郎《うらしまたろう》やってもいいなぁ……。

そんなことを元《げん》が考えていると、ずっと黙《だま》って後ろを歩いていた大木《おおき》がぽつんと言った。

「でもさぁ……なんで乙姫《おとひめ》様って、そんな玉手箱を浦島太郎《うらしまたろう》にあげたのかなぁ？」

「え？」

「だって、いちおう、乙姫《おとひめ》様と浦島太郎《うらしまたろう》って恋人《こいびと》同士になったわけだろ？　なのに、開けたらおじいさんになってしまうようなものをわざわざあげるなんてひどいじゃないか。絶対《ぜったい》に開けないでくださいなんて言われたら、誰《だれ》だって開けたくなると思うなぁ」

それは元《げん》も同感だった。

「そうだよなぁ。オレもそう思う。乙姫《おとひめ》って、けっこう性格《せいかく》悪かったのかもな」

(女って何考えてるかわかんないからな）という余分《よぶん》な一言をつい言いそうになってしまったのを必死に我慢《がまん》する。

まったく。オレはさっきから頭に浮《う》かんだ言葉を何度我慢しているんだろう！

だんだん情《なさ》けなくなってくる。

＊＊＊

浦島太郎《うらしまたろう》かぁ……。

元《げん》はひとり、居間《いま》のロウテーブルの前に座《すわ》り、おやつのシュークリームをぱくついていた。

家に帰ってみると、「亜紀《あき》と買い物に出かけている、シュークリーム食べていいよ」と母の置き手紙があったからだ。

片手《かたて》にシュークリーム、片手に水の入ったグラスというスタイル。ごくごくとのどをならして水を飲む。

ぷはぁーっと息をはき、口の両側についた水を手の甲《こう》でぬぐった。

見る予定もないのに、惰性《だせい》でプツンとテレビをつけた。

そこにリモコンがあったから、つけたってだけだ。

「さぁ、そんなことでありましてぇ。道具屋は言ったんすねぇ。『たまに、猫《ねこ》が十両で売れます』」

最近買い換《か》えた薄型《うすがた》テレビには、これまた薄べったい顔でしゃくれたあごをした落語家が映《うつ》った。ピンク色の着物を着ている。

まさか浦島太郎《うらしまたろう》はこんな着物を着てたわけもないが、でも……そうか。こんな落語かの世界なんだろうなぁ、浦島太郎《うらしまたろう》の世界って。

そもそも、浦島太郎《うらしまたろう》ってのは、どういう人だったんだろう?

両親と住んでたらしいし、漁師《りょうし》だったというのはわかっている。太郎《たろう》というから、長男だろう。

昔のことだから、兄弟《きょうだい》や姉妹《しまい》は多かったかもしれないが……なんとなくひとりっ子のような気がする。

兄弟《きょうだい》の話がまったく出てこないからだ。

いじめっ子たちからカメを助けたというから、正義感《せいぎかん》は強かったんだろう。しかし、なんとなく強いイメージはない。

気が優《やさ》しくて、ついつい誘惑《ゆうわく》に負けてしまうような普通《ふつう》の男だった気がする。

いじめっ子に注意できたのは、歳《とし》の差があったからかもしれない。そりゃ、どんなに気の弱い男だって、幼稚園児《ようちえんじ》相手だったら「こら、やめなさい」くらいは言えるだろうから。

いやいや、違《ちが》う。

お金かなんかをあげて、その代わりにカメをくれと言ってゆずってもらったたって話じゃなかったかな。

なんて気が弱いんだろう⁉

子供《こども》相手にそんな弱腰《よわごし》だなんて。

そんなふうに想像《そうぞう》していくうち、元《げん》の頭のなかで、浦島太郎《うらしまたろう》が次第に実在《じつざい》の人物のように親しみやすく感じられてきた。

クネクネした松林の続く海岸……。

まだ日の高い頃《ころ》、朝釣《づ》りに出かけた浦島太郎《うらしまたろう》だったが、成果はあまりない。腰《こし》にぶら下げたビクには小魚が二、三匹《びき》。

釣《つ》り竿《ざお》を肩《かた》に鼻歌混《ま》じり、のんきな顔をして歩いている。

眉毛《まゆげ》はハの字に下がっているし、目もかわいらしい。口の端《はし》にスイカの種みたいなホクロがあったりして。なんか間の抜《ぬ》けた顔なんだ。

ん？　待てよ。

なぜ浦島太郎《うらしまたろう》は、あの変な腰みのをつけてるんだろうか??

あれがどうにも不思議《ふしぎ》だ。

万が一、瑠香《るか》が言うように元《げん》が浦島太郎《うらしまたろう》をやるはめになった時、やはりあの腰みのをつけることになるのだろうか!?　いーや、絶対《ぜったい》そうなる。

うーん、あれだけは避《さ》けたいなぁ。

あんなのつけてたら、バカ田《ダ》トリオになんて言われるか！

なんてことを考えてたら、「ただいまー！」「あ、お兄《にい》ちゃん、帰ってる！」と、玄関《げんかん》からにぎやかな声が聞こえてきた。

母親の春江《はるえ》と妹の亜紀《あき》が買い物から帰ってきたらしい。

5

「あ、お兄《にい》ちゃん！　ねぇ、夢羽《むう》ちゃんに聞いてみてよ！」

亜紀《あき》はかぶっていた帽子《ぼうし》を乱暴《らんぼう》に脱《ぬ》ぎ捨《す》て、バタバタと走ってきた。

「な、なんだよ。いきなり」

飲みかけていた水を吹《ふ》き出しそうになり、元《げん》は胸元《むなもと》をドンドンたたいた。

元《げん》の座《すわ》っていた椅子《いす》をぐいぐいやり、

「ねーってばー！　早く夢羽《むう》ちゃんに電話！　あ、そっか。夢羽《むう》ちゃんち電話ないんだっけ？」

「うん……っつうか、それよりなんだよ。早く用件《ようけん》、言えよ」

妹にはついつい邪険《じゃけん》な言い方をしてしまう元《げん》だが、本当はふたりすごく仲がいい。

亜紀《あき》はさっそく元《げん》の隣《となり》に腰《こし》かけ、バンッ！　とチラシをテーブルに広げた。

「ギンギン商店街恒例《こうれい》、銀杏《いちょう》バーゲン
スペシャルクイズ　沖縄《おきなわ》へＧＯ！」

チラシいっぱいに黄色く色づいた銀杏の葉っぱが描《えが》かれている。

要するに、これは近所の商店街……銀杏《いちょう》が丘銀座《おかぎんざ》、通称《つうしょう》ギンギン商店街、秋のバーゲン用のチラシなんだろう。

そう、銀杏《いちょう》が丘《おか》は、年末大売り出しもするが、その名にちなんで、秋のバーゲンも開《かい》催《さい》する。

「スペシャルクイズ、沖縄《おきなわ》へＧＯ！」って……。それか！

「んー、どれどれぇ？」

と、元《げん》がチラシを見ようとすると、パっと亜紀《あき》がチラシを取り上げた。

「こら、何すんだよ。読ませろよぉ」

「ダメ！　時間のムダだから！　それより早く夢羽《むう》ちゃんのとこ、行ってきてよ！

あー、早くしないと、他《ほか》の子に沖縄《おきなわ》行かれちゃう‼」

「ちぇ、なんだよ、そりゃ！」

ムっとした元《げん》は、亜紀《あき》の手からチラシを奪《うば》い返《かえ》した。

「ああああ！　もうおお‼」

元《げん》の背中《せなか》や肩《かた》をドンドンたたいている亜紀《あき》とは違《ちが》う方向を向いて、元《げん》はチラシを読んだ。

特に、そのクイズ部分を。


女の子が両手を胸《むね》の前で組み合わせ、空を見上げているイラストがあり、「**ゆめ子**《こ》**、今年**《ことし》**もいっぱい食べたいわ‼**」と書いてある。

そして、「**ゆめ子**《こ》**ちゃんの食べたいものは『YK　Mあいいお』。さあ、なんだろう⁉　クイズに答えて、沖縄**《おきなわ》**旅行を当てよう‼**」という問題が出されていた。


「YK　Mあいいお」って……なんだ⁉

首をひねっている元《げん》の手からチラシを再《ふたた》び取りもどした亜紀《あき》は、その場でドンドン足を踏《ふ》みならした。

「だからぁ、お兄《にい》ちゃんじゃダメ。夢羽《むう》ちゃんに早く聞いてって言ってるでしょー!!」

するとと、台所から母親も顔を出した。

「もう……元《げん》! 早いとこ、聞いてきてあげてよ。うるさいったらないわ!」

＊＊＊

まったくもって、失礼な話である。

いきなり帰ってきて、「ムダだ！」とか「お兄《にい》ちゃんじゃダメ」とか。

母親まで問答無用なのだ。もうちょっと「お兄ちゃんが解《と》けるかもしれないでしょ？ ちょっと静かにしなさい！」くらい言ってくれたってよさそうなものを。

ま、しかし、解けなかったのは事実だから、えらそうなことは言えないんだが。

元《げん》は自転車に乗り、川沿《かわぞ》いの坂道をかけ登った。

夢羽《むう》の家は、この坂を登った住宅街《じゅうたくがい》にある。

いつ建てられたのかわからないほど、古ぼけた洋館で、周りの塀《へい》もところどころ壊《こわ》れて、なかのようすが見える。

前よりはまだましになってきたが、あいかわらず庭は荒《あ》れ放題《ほうだい》である。

庭の隅《すみ》の柿《かき》の木には、オレンジ色に色づいた小さな柿が実っていた。渋柿《しぶがき》なのか、甘《あま》柿《がき》なのかはわからない。

その柿の木の枝《えだ》に大きな猫《ねこ》がすっくと立ち、自転車でやってきた元《げん》を見ていた。

夢羽《むう》の家で飼《か》っている猫で、名前をラムセスという。

猫といっても、そんじょそこらの猫とは違《ちが》う。エジプト生まれで、サーバル・キャットという種類。普通《ふつう》の猫の二倍か三倍くらいあり、賢《かしこ》く敏捷《びんしょう》である。背中《せなか》には点々と美しい豹紋《ひょうもん》があり、まるで豹のようにも見える。

彼《かれ》は鋭《するど》い目つきで元《げん》の行くほうを見ていたが、何事か思いついたように、音もなく地面に降り立った。

そんなことはまったく知らない元《げん》は、自転車を停《と》めると、夢羽《むう》の家のドアをたたいた。

すると、いきなりズン！　と、後ろから膝《ひざ》かっくんを食らった。

いや、ラムセスがその優美《ゆうび》な背中《せなか》を元《げん》の膝裏《ひざうら》あたりに押《お》しつけてきただけなのだが。

「うわぁあっ！」

元《げん》はビックリしすぎて、その場にへたりこみそうになった。

そこへドアが開き、夢羽《むう》の白い顔がのぞいた。

「元《げん》、どうしたんだ？　オバケでも見たような顔してるぞ」

6

「このクイズなんだけどさ」

一階の玄関《げんかん》ホールからすぐ続いたリビング。窓際《まどぎわ》にこぢんまりと置かれたテーブルセットで、さっそく元《げん》は夢羽《むう》にさっきのチラシを見せた。

すっかり日が短くなったからだろう。長い窓枠《まどわく》の影《かげ》が、さらに濃《こ》く長く伸《の》びている。

窓から見える空の色はうっすら茜色《あかねいろ》になってきていた。

身なりにかまわない夢羽《むう》は、ボサボサの髪《かみ》のまま、ジーンズに長袖《ながそで》の黒いTシャツという姿《すがた》である。

元《げん》はボーダー柄《がら》の長袖Tシャツの上に白い半袖のトレーナーを重ね着し、七分丈《ぶたけ》のズボンをはいている。

「おや、ボーイ！　よく来ました。宿題デスか？」

ひょろっと背《せ》が高く、手足の長いおばさんが現《あら》われた。

特徴《とくちょう》のあるアクセントで呼《よ》びかけたのは、夢羽《むう》の叔母《おば》の塔子《とうこ》である。

彼女《かのじょ》はスウェーデン人とのハーフで、ずっと海外で仕事をしているらしい夢羽《むう》の両親に代わり、この家で夢羽《むう》と同居《どうきょ》しているようだ。

黒いタートルネックのシャツとほっそりした黒いスラックス。その上に、ぶかっとしたグレーのエプロンをつけ、両手には牛の顔がついた鍋《なべ》つかみというスタイル。

きっと夕飯を作っている最中だったんだろう。

「宿題ってわけじゃないんですけど……」

元《げん》が後ろ頭をかくと、夢羽《むう》がにっこり笑った。

「もうすぐ、浦島太郎《うらしまたろう》のストーリーを考えたいからって、小林《こばやし》が来るらしいよ。瑠香《るか》が明日《あした》までにだいたいでいいからできあがってないと困《こま》ると言ったそうだ。元《げん》もいっしょに考えてくれ」

「え？　そ、そ、そうなの？」

それは初耳だ。

ちぇ、小林《こばやし》もずるい……いや、水くさい。そんなことなら、ちょっと声をかけてくれればいいのに。

胃の上あたりが瞬《また》く間にモヤモヤでいっぱいになる。

内心、ヤキモチをやいてしまう自分に、元《げん》はまたまたがっかりした。

オレ、人間が小さいよなぁ。

だって、小林《こばやし》と夢羽《むう》は台本を書く係なんだから、いっしょに考えるのは当たり前なのに。

元《げん》のいいところは、何かヤキモチを焼いたり、ひがんだりしても瞬時《しゅんじ》に反省することだ。あまりにすぐのことだから、他人には問題が発生したことすら気づかれない。

彼《かれ》がびっくりしたり、ヤキモチを焼いたり、がっかりしたり、反省したりしている時、いきなり後ろから重いものが飛び乗ってきた。

「ぎゃっ‼」

悲鳴をあげると、肩《かた》にはサーバル・キャットのラムセスがいた。

「あ、あぁ……ラムセスかぁ！」

さっきといい、今といい……。すごい歓迎《かんげい》の仕方だと思ったが、ラムセスは別に歓迎しようと思ったわけではなかった。

単純《たんじゅん》に、そこにカナブンがいたからだ。

元《げん》はちょうどいい中継《ちゅうけい》地点だっただけで、彼にとっては元《げん》であろうと、タンスであろうと関係ない。後ろ足でドンとキックし、カナブンを両手でキャッチ！……しようとしたが、失敗。

わわっわわわわ……！

顔面から床《ゆか》に落ちていく……と思ったら、さすがはサーバル・キャット。クルっと一回転し、スタンと両足で華麗《かれい》に立った。

「おおおお、ぱちぱちぱちぱち……」

思わず拍手《はくしゅ》をする。

夢羽《むう》は笑いながら、逃《に》げのびたカナブンをつまみあげた。

「ラムセス、せっかく生きのびてるんだ。ほっといてやれよ」

すっかりツヤのなくなった緑色の甲虫《こうちゅう》は、夢羽《むう》のほっそりした白い指につまみあげられ、その足をジタバタと動かしている。

ラムセスはせっかくの獲物《えもの》を横取りする気か？　という顔で、それを見上げた。目がみるみる中央に寄《よ》っていく。

「あんなに暑かったのがウソみたいだね。秋が来たかと思ったら、もう冬だ」

元《げん》がボソっと言う。

夢羽《むう》は窓《まど》を細く開き、カナブンをソっと窓枠《まどわく》に置いた。
「こいつにとっては長かったんだろうか。短かったんだろうか……」
季節はずれのカナブンはしばらく窓枠を歩いていたが、やがて羽を開き、音もなく飛び立っていった。

＊＊＊

「そうなんだよ。竜宮城《りゅうぐうじょう》にいた間はたった

三日くらいだと思ってたのに、現実《げんじつ》には何百年もたってたわけだろ？　そこがまたおもしろい！　時間というのはSFの大きなテーマだからね！」

その後すぐにやってきた小林《こばやし》がうれしそうに言った。

浦島太郎《うらしまたろう》が竜宮城《りゅうぐうじょう》から帰ってみると、自分の家族はおろか、村さえもなく、何もかも知らない世界になっていたというのがおもしろいと言うのだ。

カナブンにとっての三ヶ月と、人間の三ヶ月はきっと違《ちが》うだろう。それと同じで、竜宮城の人たちと人間たちとは、時間のたち方が違うということなのだろうか？

その話をしようと思ったが、いつのまにかミュージカル『浦島太郎《うらしまたろう》』のストーリー作りに話が移《うつ》っていた。

7

「基本《きほん》は『浦島太郎《うらしまたろう》』だけどさ。学校でチと話したように、できればSFっぽかったり、ミステリーっぽかったり、そういうおもしろいものを作りたいんだ」

小林《こばやし》はノートとシャーペンを取り出した。

小さな丸テーブルにそれを広げ、カリカリと音をたて、何やら書き始めた。

「まずは時代設定《せってい》だけど。普通《ふつう》に、『浦島太郎《うらしまたろう》』の時代でいいかな?」

「というと、現代版《げんだいばん》とか? 未来版とか?」

夢羽《むう》が返事をしないので、代わりに元《げん》が聞く。小林《こばやし》は大きくうなずいた。

「へぇー! おもしろいな。現代版にすれば衣装《いしょう》なんか、こらないですむけど……でも、そうすると、よくわかんないかもな。浦島太郎《うらしまたろう》かどうか」

「そうなんだよね。……ま、いっか。普通に物語通りの時代で」

「そうだよ。浴衣《ゆかた》とか着ればいいし。魚たちは作らないとまずいだろうけど」

「何もリアルな魚を作る必要ないよ。頭に魚のお面つけてさ。黒いタートルネックのシャツ着て、ひらひらの布《ぬの》でも首に巻《ま》いておけばいいだろ」

ふたりが話していると、夢羽《むう》もやっと興味《きょうみ》がわいてきたらしい。

「魚の種類によって、そのひらひらの布の色を変えるといいかも。タイならピンクとか、サンマなら青とか」

それを聞いて小林《こばやし》も大喜びした。

「いいねいいね！　うん、それはいいな。舞台《ぶたい》がパっと華《はな》やかになるよ」

「あれ、だいたいいつ頃《ごろ》のこと？」

元《げん》が聞くと、小林《こばやし》は首を傾《かし》げた。

「そうだなぁ……、日本書紀《にほんしょき》にあったくらいだから、千三百年以上前というのはわかるけど。別に、神話みたいな格好《かっこう》はしてないよな？　まぁ、いいんじゃないか？　適当《てきとう》に、日本昔話っぽくやれば」

「でもさ、例の腰《こし》みのみたいなの、あれ、どうしてもつけなくちゃいけないのか？」

元《げん》が心配そうに聞くと、小林《こばやし》は大笑いした。

「そうだよ。かわいそうだけど、あれはビニールひもで作るんだって、江口《えぐち》が張《は》り切ってたからね。ま、でもさ。元《げん》が浦島太郎《うらしまたろう》役になるとは限《かぎ》らないんだからさ」

しかしなぁ……あんな格好《かっこう》するとわかったら、誰《だれ》もやらないぞ。

バカ田《ダ》トリオだって。

「ま、それはともかく。どういうストーリーにするかが問題だな……」

小林《こばやし》はシャーペンを指でクルクルと器用に回し始めた。

塔子《とうこ》がさっき持ってきてくれた紅茶《こうちゃ》を元《げん》が飲んだ時、夢羽《むう》がぽつんと言った。

「そもそも、浦島太郎《うらしまたろう》はなぜ竜宮城《りゅうぐうじょう》に呼《よ》ばれたんだっけ？」

元《げん》は口元まで持ってきていた紅茶のカップもそのままに、夢羽《むう》を見つめた。

小林《こばやし》の回していたシャーペンの動きも止まる。

「いじめっ子たちにいじめられていたカメを助けた浦島太郎《うらしまたろう》にお礼するためだろ？」

元《げん》もうんうんとうなずいた。

「まぁね。表向きはそうなってるけど、本当にそうだったんだろうか……」

夢羽《むう》の言葉は、まるで新たな謎《なぞ》への扉《とびら》を開く呪文《じゅもん》のようだ。

小林《こばやし》も元《げん》ものどをゴクリと鳴らし、期待に胸《むね》をふくらませた。

「普通《ふつう》に考えて、夜中にウミガメが訪《たず》ねてきて、竜宮城へ来てくれと言われたら、どうする？　素直《すなお》についていく？」

夢羽《むう》に聞かれ、元《げん》も小林《こばやし》もブっと吹《ふ》きだした。

「そりゃ、ありえない話だからなぁ。不気味《ぶきみ》だし、ウミガメが話すっていう時点で」

小林《こばやし》が笑いながら言う。

「夜中にウミガメの背中《せなか》に乗って、海のなかへ入っていく気はしないなぁ」

元《げん》もついリアルに想像《そうぞう》してしまった。

夜の海なんて怖《こわ》いし、冷たいだろうし。

いや、その前に溺《おぼ》れ死《し》ぬだろ！

「ひとつ、考えられるのは……浦島太郎《うらしまたろう》はもともと人間なんかじゃなかったとか」

夢羽《むう》の発想にはいちいち驚《おどろ》かされる。

小林《こばやし》はポンと手で膝《ひざ》をたたいた。

「そうか！　浦島太郎《うらしまたろう》はもともと海に住む種族だったのか。竜宮城《りゅうぐうじょう》に住んでたと考えても不思議《ふしぎ》じゃないな。だから、ウミガメの背中に乗って海に入っていっても、溺《おぼ》れ死《し》ななかったし、竜宮城へ行くのにも抵抗《ていこう》がなかったのか。ふむふむ、かぐや姫《ひめ》の男バージョンだね。または桃太郎《ももたろう》か一寸法師《いっすんぼうし》か。昔話って子供《こども》のいなかったおじいさんおばあさんの元に、どこからか子供がやってくるというパターンは多いよね。かぐや姫は月の世界からやってきたが、浦島太郎《うらしまたろう》は海の世界からやってきたんだ……」

「そう。しかし、記憶《きおく》をなくしていたのか、なんなのか……かぐや姫と同じで、お迎《むか》えが来るまでは気づかないんだ。カメは子供たちにいじめられていたところを浦島太郎《うらしまたろう》に助けられ、浦島《うらしま》が人間じゃないことに気づくんだ。そして、竜宮城にもどり、乙姫《おとひめ》にそのことを告げる……」

夢羽《むう》が言うと、小林《こばやし》はノートにメモを取った。

「子供たちにいじめられていたのは、偶然《ぐうぜん》なんだ？」

「たぶんね……。ま、そこは偶然でいいんじゃないか？　そこまで仕組んでいたとなると、物語が複雑《ふくざつ》になりすぎる。子供《こども》がやるミュージカルにしてはね」

……て、夢羽《むう》も子供じゃないか！　と、つい心のなかで突《つ》っこみを入れつつも、元《げん》の頭のなかでは新しい『浦島太郎《うらしまたろう》』が生き生きと始まっていた。

★浦島太郎殺人事件《うらしまたろうさつじんじけん》（上）

1

白い砂浜《すなはま》、そして松林。

目の前には青い青い海が広がっている。

要するに、典型的な日本の海岸なのである。まぁ、最近の日本なんて、どこもかしこも埋《う》め立《た》てられて、海岸線もわからなくなっちゃったような海がほとんど。たまに海水浴のできる砂浜《すなはま》もあったりするが、それこそ空《あ》き缶《かん》やらゴミだらけだったりするけど。

むかーし、むかし……。それこそ、桃太郎《ももたろう》が鬼退治《おにたいじ》に行き、金太郎《きんたろう》が山でクマと相撲《すもう》を取っていた頃《ころ》は、日本の海と言えばこんなものだった。

細かな白い砂は昼間の太陽に照らされ、キラキラと反射《はんしゃ》していて、見ているだけでうっとりと眠《ねむ》くなってしまう。

沖《おき》では白い海鳥《うみどり》の声が風の間《ま》に間《ま》に聞こえてくる。

小さなカニがトコトコと横歩きし、どこからか流れ着いたヤシの実がぷかぷかと波打ち際《ぎわ》に浮《う》かんでいる。

そんな砂浜《すなはま》で、一匹《ぴき》の大きなウミガメが途方《とほう》に暮《く》れていた。

「ふうぅ……、くたびれた。それにしても、なかなか見つからないもんだなぁ……。いやいや、見つかりはしたんだ。でも、もっと細い顔がいいだの、歯は白いほうがいいだのとうるさいったらない。まったく。時間がないんだから、乙姫様《おとひめさま》もその辺をわかってほしいもんだ」

と、何度ついたか知れないためいきをまたつく。

彼《かれ》は亀吉《かめきち》といい、竜宮城《りゅうぐうじょう》の乙姫《おとひめ》に仕える執事《しつじ》である。彼女《かのじょ》から頼《たの》まれ、西の海から東の海、今日《きょう》は南の海……と、ほうぼう手をつくし、足を運んで彼女のおむこさん候補《こうほ》を捜《さが》していたのだ。

昨日《きのう》は、勝男《カツオ》という名の男を連れていった。気のいい男だったが、何せ落ち着きがない。すぐに泳ぎ回ろうとウズウズする。そこが気に入らないと、乙姫《おとひめ》は首をたてには振《ふ》らなかった。

竜宮城《りゅうぐうじょう》では、乙姫《おとひめ》や勝男《カツオ》のように人型の住人もいれば、亀吉《かめきち》や他の魚たちのように、魚や他の水生生物そのものという住人もいる。彼《かれ》らが同居《どうきょ》しているような状態《じょうたい》だ。

で、乙姫《おとひめ》や勝男《カツオ》のような人型の住人のことを特に「竜宮人《りゅうぐうびと》」と呼《よ》んでいた。

魚やカメやその他の水生生物が乙姫《おとひめ》のむこになるわけにはいかないので、当然、竜宮人を捜《さが》すことになるのだが、最近はその数もめっきり減《へ》ってしまった。

その上、乙姫《おとひめ》の好みがなかなかうるさいのだから、亀吉《かめきち》も頭の痛《いた》いところだった。

「さてさて、こうもしていられないな。気を取り直して、また捜しに出かけるとするか」

動きだそうとしたそこへ、近所に住む悪ガキたちが通りかかった。

日に焼けた、いかにも頭の悪そうな子供《こども》たちで。背《せ》のヒョロっと高いのがひとり、小柄《こがら》だがすばしっこそうなのがひとり、幼《おさな》い顔をしたのがひとり。計三人である。

格子《こうし》柄《がら》やトンボ柄の丈《たけ》の短い着物を着て、手には釣《つ》り竿《ざお》やらバケツやらを持ち、それを振《ふ》り回《まわ》しながらやってきた。

「げげ、まずい！」

亀吉《かめきち》は身の危険《きけん》を感じ、あわてて海にもどろうと走りだした。

……いや、走りだそうとした。だが、あんまりあわてていたもんだから、ズルっとすべって転《ころ》んでしまった。

「おお！　カメだ‼」

「カメだぞ。珍《めずら》しいな」

「やった！　捕《つか》まえてやれ。高く売れるぜ」

悪ガキ三人はとたんに目を輝《かがや》かせ、走ってきた。

「あぁあ……」

亀吉《かめきち》は悪夢《あくむ》を見ているんだと思った。

よりによって、彼《かれ》らは今、世のなかで一番会ってはいけない人種である。実《じっ》際《さい》、彼らはサメよりも恐《おそ》ろしく思えた。

それでもなんとか逃《に》げようと、必死に足を動かした。

カメというのはのろまな代表というように思われているが、これで案外速く走ることができる。走るというとさすがに大げさか。速く『歩く』ことができると言いかえよう。

だが、しょせん、カメはカメ。目をランランと輝《かがや》かせた悪ガキたちに敵《かな》うわけもなく、あっけなく捕《つか》まってしまった。

「お、お願いです。見逃《みのが》してください！」

亀吉《かめきち》は必死に頼《たの》んだが、そんな言葉に耳を傾《かたむ》けるような悪ガキはいない。そもそも、そういう子供《こども》を悪ガキとは呼《よ》ばない。

「うっせぇ！　静かにしろ」

「そうだ、観念しろ」

「静かにしてれば、逃《に》がしてやるぞ」

最後のひとりがそんなことを言ったので、亀吉《かめきち》は「え？」とうれしげに聞き返した。

だが、悪ガキトリオのリーダーらしき長身の子供《こども》が、最後に言った幼《おさな》い顔の子の頭をゴインと殴《なぐ》った。

「ばか！　逃《に》がすわけないだろ！」

「い、いってぇ……そっか、ごめんよぉ……おい、静かにしたって逃がさないからな！」

殴られた子供は目から五円玉くらいの涙《なみだ》をこぼしながら、亀吉《かめきち》にすごんでみせた。

この子供たちは悪ガキなだけでなく、やはり頭の程度《ていど》もあまり良くないようだった。

「あぁぁああ……」

前足後ろ足を縛《しば》られ、逆《さか》さまにひっくり返された亀吉《かめきち》は、絶望《ぜつぼう》という幕《まく》が静かに下りてくるのを見ているしかなかった。

だが、その幕が落ち切る間際《まぎわ》のこと。ひょこひょこと、ほっそりした気のいい顔の若《わか》い男が通りかかったではないか。

気は弱そうだし、腕《うで》っぷしも強そうじゃないが、それでもこんな悪ガキに比《くら》べればそうとう大人《おとな》だ。

歳《とし》の頃《ころ》なら、十九や二十歳《はたち》といったところか。

腰《こし》みのをつけ、魚を入れる魚籠《びく》もつけ、釣《つ》り竿《ざお》を担《かつ》いでいるところからして、近所の漁師《りょうし》に間違《まちが》いない。

逆《さか》さまになっているから、男も逆さまに見える。

逆さまの男は、亀吉《かめきち》と子供《こども》たちに気づき、ギョっとした顔をした。

やれ、助かった。優《やさ》しそうな男だ。きっと助けてくれるだろうと期待した亀《かめ》吉《きち》だったが、若い男は視《し》線《せん》をサっとそらし、来た道を引き返そうとしたではないか！

おいおい、まさかこのまま見て見ぬふりを決めこもうっていうんじゃないだろうな⁉

亀吉《かめきち》の心配は見事に当たってしまった。

男はそそくさとその場から立ち去ろうとしている。

そうはさせてなるものか！　と、声を限《かぎ》りに叫《さけ》んだ。

「ちょっとぉー‼　そこの人。助けてください！　まさかこのまま見捨《みす》てたりしませんよねぇ？」

男ははっと振《ふ》り返《かえ》り、後ろ頭をかいた。

「い、いやぁ……ははは。えーっと、ど、どうしたんですか？」

「どうしたもこうしたも、見たまんまですよ。あのね。このまま見捨てたりしたら、わたし、うらんで出ますよ！　ええ、ええ、末代《まつだい》まで祟《たた》ってみせます。カメの呪《のろ》いは恐《おそ》ろしいですぞ。何せ万年呪いますからねぇ‼」

前足後ろ足縛《しば》られ、天地ひっくり返された憐《あわ》れなウミガメがうらみがましい目で言うのだから、これ以上の説得力はない。

男は観念したような顔でもどってきた。

「ううう……よし、わかった。お、おい！　悪ガキたち！　……い、いや、

Mysteries always arouse my curiosity.

お坊《ぼっ》ちゃんたち」

呼《よ》びかけられた悪ガキたちは、今度は男に向かってすごんでみせた。

「おうおうおう！　なんだ！」

「なんか文句《もんく》があんのかよ！」

「あんのかよ！」

「い、いや、ないよ。ははは、やだなぁ……そ、それより、えーっと、そうだ！　そのカメだけどさ。よかったら、ぼくにゆずってくれないかなぁ？　もちろん、ただとは言わないよ」

男は懐《ふところ》から財布《さいふ》を取り出した。

平和的解決《かいけつ》には、双方《そうほう》の利害の一致《いっち》が不可欠《ふかけつ》である。つまるところ、お金で解決するのが一番の近道だと男は考えた。

「ゆずるだと⁉」

案《あん》の定《じょう》、悪ガキは声のトーンをがらりと変えた。

「ふうん。おっさん、けっこう物わかりがいいじゃねえか」

「いくらだ⁉」

男は財布《さいふ》の中身を確認《かくにん》し、首を傾《かし》げつつ……、

「え、ええぇーっと……千円！　い、いや、二千円でどうだ！」

悪ガキのリーダーは腕組《うでぐ》みをし、ふふんと鼻で笑った。

「オレたち、三人いるんだぜ。二千円じゃ割《わ》り切《き》れねえな。ひとり千円、しめて三千円だ！　これ以上はびた一文《いちもん》、まけはしねえぜ！」

「まけはしねえぜ！」

「どうだ、まいったか！」

まったく……。ちびのギャングだな、こいつら。

男は驚《おどろ》くというより、むしろ感心した。

しかし、いくら悪ガキといえ、子供《こども》は子供だ。こんな立派《りっぱ》なウミガメ、出すところに出せば、ン万、いやン十万という値《ね》がつくだろうに。

そんなことはおくびにも出さず、しぶしぶという顔で認《みと》めた。

「わかったよぉ……でも、ほんとにこれでオレはスッカラカンだからな」

三千円を男から巻《ま》き上《あ》げた悪ガキたちは、勝《か》ち誇《ほこ》ったように笑いながら悠々《ゆうゆう》と去っていった。

男は三人を見送ると、亀吉《かめきち》の前足後ろ足を縛《しば》った縄《なわ》をほどき、ちゃんと足を下に、甲羅《こうら》を上にもどしてやった。

そして、その隣《となり》に座《すわ》りこみ、がっくりと肩《かた》を落とした。

「あぁぁーあ……、マジに全財産《ぜんざいさん》、なくなっちゃったよ。おじいさんたちにどう説明すればいいものか」

彼《かれ》はおじいさんおばあさんと三人暮《ぐ》らしである。

歳《とし》をとってもなお立派《りっぱ》な漁師《りょうし》のおじいさんに比《くら》べ、自分はいくらたっても半人前だ。せめて、魚を売るのだけはがんばってこいと励《はげ》まされ、毎日、市場へ魚を売りに行っていた。

今日《きょう》もその帰り道だったのだが……、せっかく売れたその代金、そっくりそのまま悪ガキたちに渡《わた》してしまったのだ。

亀吉《かめきち》は隣で、すまなそうに頭を下げた。

「なんか、すみませんねぇ」

「え？　あ、ああ、いいよ、もう。とにかく、またこんなところにいたら、誰《だれ》かに捕《つか》まっちゃうからさ。さっさと海に帰りなよ。それと、助けてやったんだから、うらんで出たりしないでくれよ！」

「もちろんですよ！　ありがとうございました‼　うらむ代わりに、末代《まつだい》まで千年万年感謝《かんしゃ》します。ところで、あなたのお名前は？」

「オレかい？　オレは浦島太郎《うらしまたろう》というんだ。さてと。気は重いが、早いとこ帰らないと、おじいさんにまた叱《しか》られちまう。今夜は夕飯抜《ぬ》きかなぁ……。じゃあな！」

腰《こし》を上げた太郎《たろう》は、すぐそこにあった松に手をかけた。

クネクネと曲がりくねった松には「ばーか！」とか「アホ！」とかいたずら書きがしてある。どうせさっきの悪ガキたちのしわざだろう。

「はぁぁ……」

まったく、とんだ厄介《やっかい》ごとに巻《ま》きこまれてしまったものだ。

太郎《たろう》は、再《ふたた》び大きくため息をつき、スタスタと立ち去ってしまった。

その後《うし》ろ姿《すがた》を見送りつつ、亀吉《かめきち》は口のなかで「浦島太郎《うらしまたろう》……浦島太郎《うらしまたろう》……!?

はて、どこかで聞いた覚えがあるな……うーん」と繰《く》り返《かえ》していた。

そして、ハッと何事か思いついた顔をした。

「そうだ‼　浦島太郎《うらしまたろう》とは‼　も、もしかして、あの人……!?」

2

その夜である。

日もとっぷりと暮《く》れ、裏山《うらやま》ではフクロウがホウホウともの悲しげに鳴いている。

家に帰り、ウミガメを助けたせいで、今日《きょう》の売り上げは全部なくなってしまったことを正直に告げた浦島太郎《うらしまたろう》。

さぞやおじいさんにこっぴどく叱《しか》られるだろうと思っていたのに、

「よく助けた！　ウミガメは海の守り神だ、ひいては漁師《りょうし》の守り神でもある。なんの、金なんぞはかまわない。えらいえらい！」

と、手放しでほめられた。

夕飯抜《ぬ》きかと心配していたが、たっぷりごちそうを食べさせてもらい、腹《はら》いっぱいになったものだから、ついつい早いうちから眠《ねむ》りこんでしまった。

夜も更《ふ》けて。

その枕元《まくらもと》。裏《うら》の戸を誰《だれ》かがたたく音がした。


ドンドン、ドンドン‼


「浦島《うらしま》さん、太郎《たろう》さん、浦島太郎《うらしまたろう》さん‼」

「う、ううう、……もうお腹《なか》いっぱいだよ……ん」

しばらく寝《ね》ぼけていた太郎《たろう》も、あまりにしつこく戸をたたく音がするもんだから、ついに目を覚ましてしまった。

「ううう、な、なんだよ、こんな夜中に。まさか昼間のウミガメが化けて出たんじゃないだろうな⁉」

両手で両目をこすり、首を振《ふ》る。

すると、そこにまた、ドンドン、ドンドン‼

「ああ、わかったよわかったよ」

太郎《たろう》は観念して立ち上がり、戸を開いてびっくり！

真《ま》っ暗闇《くらやみ》のなか、提灯《ちょうちん》の光に下から照らし出された亀吉《かめきち》の顔だけが浮《う》かび上がっていたではないか。

「ぎゃぁ！　お、おまえ、うらんで出ないって言ってたじゃないか。ウソつき！　というより、うらまれる覚えはないぞ。助けてやったじゃないか。出るんなら、よそ行け、よそ！」

あまりに驚《おどろ》いた太郎《たろう》は思わず尻餅《しりもち》をついてしまった。そのまま四つんばいになって逃《に》げだそうとするのを亀吉《かめきち》がタックル。

「違《ちが》います違います。わたし、幽霊《ゆうれい》じゃないですから。そうじゃなくって、お礼に来たんです」

亀吉《かめきち》にタックルされたまま、振《ふ》り返《かえ》った太郎《たろう》。

「お礼⁉」

「そうですよ。実は、わたし、竜《りゅう》宮城《ぐうじょう》に勤《つと》める者なんですがね。今日《きょう》の話をしましたところ、ぜひお連れして、お礼がしたいと。乙《おと》姫《ひめ》様がおっしゃるんですよ」

「乙姫《おとひめ》様？」

完全に眠気《ねむけ》が飛んだ頭で太郎《たろう》は聞き返した。

「あの……絶世《ぜっせい》の美女だって有名な？」

「はい。そりゃもちろん！『ミ

ス・海』ですからね！」

竜宮城《りゅうぐうじょう》という絵にも描《か》けないような美しい城《しろ》が海の深くにあり、そこにはこれまたものすごく美しいお姫様《ひめさま》が優雅《ゆうが》に暮《く》らしているという伝説は太郎《たろう》も知っていた。

それがまさか本当の話だったとは！

うーん、一度見てみたいもんだ。

その気になりかけた太郎《たろう》は、ぷるぷると頭を横に振《ふ》った。

「おお、危《あぶ》ない危ない。だまされるところだった。あのなぁ、竜宮城っていったら、海のなかにあるんだろ？」

「はい、そりゃそうですよ」

「そんなのさぁ。無理に決まってるじゃないか。海のなかなんて行けっこないだろ。オレは人間なんだ。息ができないよ」

すると、亀吉《かめきち》は「なんだ、そんなことですか。だいじょうぶです！　ほら、この……」と言いながら、ポケットから何やら取り出した。

『イキデキール』!! これを飲めば、あーら不思議《ふしぎ》。たちまち、海でも息ができます。ここで生活しているのと変わりません！」

鼻先に突《つ》きつけられた小さなカプセルを見つめ、太郎《たろう》は疑《うたが》わしそうに聞いた。

「本当にぃ⁇」

「そうか！ そうやって海のなかに誘《さそ》うのか」

夢羽《むう》の話をノートに書きとめていた小林《こばやし》がうなずきながら言う。

すっかり夢羽《むう》の話のなかに引きずりこまれていた元《げん》は、「イキデキール」があれば、竜宮城《りゅうぐうじょう》に行ってみたいと思っていた。

夢羽《むう》はニッコリ笑って、続きを話し始めた。

さて、ところ変わって、ここは海の底。

青々した海草がゆらめき、きらめく光と神秘的《しんぴてき》な光が満ちた世界。

竜宮城のなかでは、乙姫《おとひめ》とそのおつきの女官であるクマノミのクマ江《え》、カサゴのカサ子《こ》が何やら騒《さわ》がしげに話していた。

「あぁ、遅《おそ》いわ！　亀吉《かめきち》ったら、いったい何をグズグズしているのかしら」

ひらひらした淡《あわ》いピンク色の薄衣《うすぎぬ》を着た乙姫《おとひめ》は、歳《とし》の頃《ころ》なら十六、七。淡い桜色《さくらいろ》の頬《ほお》に真っ黒に濡《ぬ》れた大きな瞳《ひとみ》、つやつやした唇《くちびる》……。たしかに「ミス・海」というだけはある。匂《にお》い立《た》つような美しさだ。

彼女《かのじょ》はイライラと立ったり座《すわ》ったりを繰《く》り返《かえ》していた。

そんなようすをクマ江《え》は笑って見ている。オレンジ色と白のコントラストがはっきりした模様《もよう》の着物をまとった彼女《かのじょ》は小柄《こがら》でかわいらしい。

「まぁまぁ、乙姫様《おとひめ》。落ち着いてくださいな。亀吉《かめきち》様、さっき出ていかれたばかりですよ。それにしても、本当にその浦島太郎《うらしまたろう》という男、竜宮人《りゅうぐうびと》なんでしょうねえ？」

するとと、横で同じように乙姫《おとひめ》を見ていたカサ子《こ》がわざとらしくうなずいた。

彼女《かのじょ》は華《はな》やかな赤い飾《かざ》りがたくさんついた着物を着ていて、化粧《けしょう》もきつい。

「そうそう、そこなんですよ、問題《もんだい》は。本当は竜宮人だけど、それを忘《わす》れてるだなんて。そんなこと、本当にあるんでしょうか？」

乙姫《おとひめ》はくるりと振《ふ》り返《かえ》った。

「そりゃ、わたしだってたしかなことはわからないけど……かぐや姫の話を聞いたでしょ？　彼女《かのじょ》だって月の住人だってこと、すっかり忘《わす》れてたそうよ。わたし、本人に聞いたもの。たしかよ、それは」

「あぁ、そうでしたねぇ」

「そうそう。だから、きっと太郎《たろう》様もそうなのよ。おかわいそうに……」

胸《むね》のあたりで両手を組み、大きくため息をつく乙姫《おとひめ》に、カサ子《こ》は笑った。

「ふふ、乙姫《おとひめ》様ったら、すっかり期待しちゃってませんか？　『太郎《たろう》様』だなんて！」

乙姫《おとひめ》は心外《しんがい》だという顔で振《ふ》り返《かえ》った。

「まぁ！　し、失礼ね。『太郎《たろう》様』だから『太郎《たろう》様』って言っただけの話でしょ。ああ！　それにしても遅《おそ》いわ。イライラしちゃう」

クマ江《え》もそんな乙姫《おとひめ》を横目で見上げ、苦笑い。

「いい男だといいですねぇ。ま、そんなにハンサムじゃなくっても、ほどほどなら……。たしかに、この前亀吉《かめきち》様がお連れになったのはひどかったです。あんなウツボとナマズを足して二で割《わ》ったみたいな男じゃ、さすがにおむこさんには考えられませんものぉ。わたしなら、死んだって嫌《いや》です」

「やめてよ！　思い出させないで‼　思い出すだけでぞっとするわ！」

乙姫《おとひめ》が両手で両腕《りょううで》をぎゅっと抱《だ》きしめると、カサ子《こ》も同情《どうじょう》するように言った。

「本当にねぇ。それにしても、アンコウ大臣もひどいですわ！　竜王《りゅうおう》様が亡《な》くなって、乙姫《おとひめ》様もお悲しみだというのに、姫様が跡《あと》を継《つ》ぐことは前例にない。せめて、むこを取り、結婚《けっこん》しなければ納得《なっとく》できない！　だなんて」

そうなのだ。

つい先頃《さきごろ》、乙姫《おとひめ》の父、竜王が亡くなり、その跡目を誰《だれ》が継ぐかということで、竜宮《りゅうぐう》は大騒《おおさわ》ぎの最中だった。

当然、ひとり娘《むすめ》の乙姫《おとひめ》が女王として継げばいいという一派《いっぱ》と、いや、女王というのは前例がない、ここは実質《じっしつ》、ナンバー2だったアンコウ大臣が跡を継ぐべきではないかという一派とに二分した。

早く跡継《あとつ》ぎが決まらなければ竜宮《りゅうぐう》も落ち着かない。だんだんと不都合も出てきた。

そこで、アンコウ大臣から提案《ていあん》されたのが、「一週間以内に、乙姫《おとひめ》がむこを迎《むか》えれば、そのむこを王にし、乙姫《おとひめ》は女王として跡を継いでもいいだろう。しかし、それができなかった時は潔《いさぎよ》く退《しりぞ》くこと」という案だった。

しぶしぶ、乙姫側《おとひめがわ》も納得《なっとく》したのだが……。

「そうですよ。まぁ、その話には一理あると思いますがね。だったら、もうちょっと時間をくだされればいいのに」

クマ江《え》もうんうんとうなずいた。

「そうそう。今週いっぱいに決めろって言うんでしょう？　あれはただの嫌《いや》がらせですね。自分が王になりたいから、ああ言ってるに決まってますわ！」

ふたりの言い分に乙姫《おとひめ》は声を落として聞いた。

「やっぱりあなたたちもそう思う？」

「もちろんですわ！」

「ええ、間違《まちが》いありませんね！　あんなやつが政権《せいけん》を取ったりしたら、この平和で美しい竜宮《りゅうぐう》がどんなことになるやら……。乙姫《おとひめ》様、がんばってくださいね！　わたしたちは乙姫《おとひめ》様の味方です！」

　ふたりの女官の言い方に、乙姫《おとひめ》は気持ちを新たに強くした。

「わかったわ！　今度こそ決めるわよ。太郎《たろう》様がどんな方でも……まぁ、ほどほどの人だったら我慢《がまん》する。そして、この平和で美しい竜宮を守るわ！」

「乙姫《おとひめ》様ぁ‼」

「姫様‼」

ふたりが感動した面持《おもも》ちで、乙姫《おとひめ》を見上げたその時だ。

召使《めしつか》いの青魚が現《あらわ》れた。

「亀吉《かめきち》様が浦島太郎《うらしまたろう》様をお連れしたとのことです‼」

3

亀吉《かめきち》の言ったのはウソではなかった。

それが証拠《しょうこ》に、「イキデキール」というカプセルを飲んだところ、不思議《ふしぎ》や不思議。海のなかでも平気で息ができるし、目もぱっちり。地上にいるのとなんら変わらず、快適《かいてき》に過《す》ごせるではないか。

さすが竜宮《りゅうぐう》である。

亀吉《かめきち》の背中《せなか》に乗って、難《なん》なくやってきた浦島太郎《うらしまたろう》は、お上《のぼ》りさん丸出しでキョロキョロと物珍《ものめずら》しげにあたりを見ていた。

そんなようすの太郎《たろう》に、亀吉《かめきち》が言った。

「ほらほら、もっと背筋《せすじ》をしゃんと伸《の》ばして。これから、乙姫《おとひめ》様に会われるのですぞ。もっと、ピシっとしなさい。ピシっと」

「ええ？」

ぼんやりした顔で振《ふ》り返《かえ》る太郎《たろう》に、亀吉《かめきち》はため息をつく。

「顔のつくりは決して悪くないと思うんだが、どこかしまりがないんだよなぁ。ああ、しかし、ここいらで決めていただかねば、わたしももう歳《とし》だからなぁ……」

「何か言った？」

どこまでも人のいい太郎《たろう》に亀吉《かめきち》が答えようとした時、「乙姫《おとひめ》様のおなぁりぃー！」と声がした。

みんな、「ははぁ～」と頭を下げる。

太郎《たろう》もあわてて頭を下げつつ、チラっと上目遣《うわめづか》いで見てみた。

そりゃ、どんだけきれいな人なのか、気になるではないか。

すると、奥《おく》の扉《とびら》から音もなく現《あらわ》れ、一段《いちだん》高いところにある椅子《いす》へとしずしず進んでいく女性《じょせい》が見えた。

女性といっても、まだ若《わか》い女の子だ。

ひらひらした淡《あわ》いピンク色の薄衣《うすぎぬ》をまとった姿《すがた》はほっそりしているが、なかなかのナイスボディだし、長い黒髪《くろかみ》を複雑《ふくざつ》な結《ゆ》い方《かた》で結い上げた横顔はチラっと見ただけでもかなり美形だとわかる。

うひひ、そうとうのかわいい子ちゃんだな‼

こりゃ期待できるぞお！

太郎《たろう》は笑いがこみあげてしかたなかった。

「浦島太郎《うらしまたろう》とやら、顔を上げなさい」

鈴《すず》を振《ふ》るったような声というのは、こういう声のことをいうんだろう。

軽やかでいて、はっきりとよく通り、耳に心地《ここち》よく、甘《あま》い声だ。

あぁ、声だけでも「ミス・海」だよ。

太郎《たろう》はゴクリとツバをのみこみ、大急ぎで一度深呼吸《しんこきゅう》をした後、顔を上げた。

う、うわっ！　やっぱり、か、かわいいっ‼

太郎《たろう》は心のなかで狂喜乱舞《きょうきらんぶ》した。つまり、狂《くる》うように喜び、乱《みだ》れるように踊《おど》りまくった。

この世にこんなかわいい人がいたのか⁉ と思うほど、乙姫《おとひめ》はかわいかった。

あぁ、そうか。ここは竜宮《りゅうぐう》か。

いいな、竜宮。

ビバ、竜宮！

くそおお、竜宮めぇ‼

太郎《たろう》が心臓《しんぞう》をバクバクいわせながら、意味不明に喜んでいる時……。

高いところの椅子《いす》に座《すわ》ったままだったが、乙姫《おとひめ》もまた同じようにゴクリとツバをのみ、太郎《たろう》を見つめていた。彼女《かのじょ》も胸《むね》の高鳴りを抑《おさ》えることができなかったのだ。

うわっ、いいかも！

なんか、かわいいし。

そうよ、そうなのよ。わたしって、あんまり男、男した人って苦手なのよね。

えらそうだし、ちょっと怖《こわ》いもん。

その点、この人って絶対《ぜったい》わたしの言うこと聞いてくれそう。

うん、それに、こういう人のほうがお友達《ともだち》っぽくていいな。

おじいちゃんとおばあちゃんになっても、いつまでも仲良くしてられるような、そんな夫婦《ふうふ》が理想だもん。

そうよそうよ、いつまでも恋人《こいびと》同士みたいな夫婦なの。

夕焼けに染《そ》まる昆布林《こんぶばやし》をふたり手をつないで歩いてみたいな。

色白の乙姫《おとひめ》はポっと顔を赤らめ、太郎《たろう》をうっとりと見つめた。

太郎《たろう》は太郎《たろう》で、よだれを流さんばかりに見とれている。

このふたり、さっきから一言も発していないのだが、どうやらお互《たが》い一目惚《ぼ》れだなというのは、誰《だれ》の目にも明らかだった。

はぁ、よかったよかった。

亀吉《かめきち》は涙《なみだ》を流して喜び、クマ江《え》もカサ子《こ》も抱《だ》き合《あ》って喜んだのだった。

4

だが、もちろん、その噂《うわさ》を聞きつけ、おもしろく思わなかった者もいる。

悪名高き、アンコウ大臣《だいじん》……その人である。

彼《かれ》は、先代の竜王《りゅうおう》がピンピンしていた頃《ころ》から、次は自分が王になるのだと玉《ぎょく》座《ざ》を虎視《こし》眈々《たんたん》狙《ねら》っていた。

乙姫《おとひめ》なんて小娘《こむすめ》、ちょっと脅《おど》せばちょろいもんだろうと甘《あま》く考えていた。

まさかここまで抵抗《ていこう》するとは。

これは大きな誤算《ごさん》だった。

乙姫《おとひめ》に味方する者もいて、彼《かれ》らを納得《なっとく》させるにはある程度《ていど》の譲歩《じょうほ》も必要だった。

そこで提案《ていあん》したのが、むこ取《と》りの話だ。

一週間という期限《きげん》を作ったから、よもやむこなど取れるはずがないだろうと
タカをくっていたのに、人間界にいた浦島太郎《うらしまたろう》なる人物を亀吉《かめきち》が連れてきた、

しかも、乙姫《おとひめ》はすっかりその気になっているらしいと、竜宮中《りゅうぐう》の噂《うわさ》である。

「うぬぬぬ……なんだ、その浦島太郎《うらしまたろう》というのは!!」

アンコウ大臣《だいじん》は黒光りした顔をしかめ、額《ひたい》からぶら下げた小さな提灯《ちょうちん》を怒《いか》りでパチパチとショートさせた。

「どうやら、人間らしいっすよ。だから、だいじょうぶっす。人間はむこにしてはならん！　と、新たに条件《じょうけん》つければいいんす」

側近《そっきん》のウツボ次官《じかん》が悪知恵《わるぢえ》をささやいた。

もうひとりの側近、サメ次官も両方《りょうほう》のヒレを前に合わせ、ふんふんとうなずいている。

アンコウ大臣はそれを聞いて、ようやく胸《むね》をなで下ろした。

「なんだ。人間か！　なら、話にならんな。ここでは人間なんぞ、あっという間に歳《とし》を取り、死んでしまう。竜宮界と人間界とは時のたち方が違《ちが》うのだ」

「ほう、そうなんすか？」

「そうだ。だから、どっちみちダメなのだ！　ふっはっはっはっは!!」

アンコウ大臣《だいじん》はでっぷり前にせり出《だ》した腹《はら》を抱《かか》えて笑うのだった。

＊＊＊

「ねえ、太郎《たろう》様。この昆布茶《こぶちゃ》に海草クッキー、おいしいでしょう？　乙姫《おとひめ》が一所懸命《いっしょけんめい》作ったのよ」

ここは乙姫《おとひめ》の部屋《へや》。

壁《かべ》には粒《つぶ》ぞろいの白い貝殻《かいがら》が飾《かざ》られているし、床《ゆか》は海綿《かいめん》を敷《し》き詰《つ》めてあるからふわふわだ。

かれこれ二日《ふつか》がたち、浦島太郎《うらしまたろう》は乙姫《おとひめ》とすっかり意気投合。あっという間に誰《だれ》もがうんざりするほど、仲のいいカップルになっていた。

「乙姫様《おとひめ》、なぜすべて海草なんですか？　お料理も全部海草ですよね。海草ステーキというのには驚《おどろ》きましたよ。おいしかったけど」

太郎《たろう》が聞くと、乙姫《おとひめ》はかわいらしく頬《ほお》をふくらませた。

「だめだめ！　太郎《たろう》様たら、まだそんな他人行儀《ぎょうぎ》な話し方して。乙姫《おとひめ》、悲しいですわ」

「ええ？　だ、だって……」

「お願いです。乙姫《おとひめ》って呼《よ》び捨《す》てにしてくださいまし。そうじゃなきゃ、乙姫《おとひめ》、泣いちゃう」

「えええええ⁉」

乙姫《おとひめ》は身をくねらせ、わざとらしく泣きまねをしてみせた。

これには太郎《たろう》も困《こま》りはてた。もちろん、恋人《こいびと》なんてできたためしがない。乙《おと》姫《ひめ》が初恋《はつこい》の人である。

いや、だいたい女性《じょせい》と話をした経験《けいけん》すらない。話したと言えば、おばあさんや隣近所《となりきんじょ》のおばさんたちくらいだ。

女の子に泣かれると、こんなに困《こま》るもんなのかと、太郎《たろう》はある意味感動すら覚えていた。思えば、二十年、こういう華《はな》やかな理由で困ったことなど一度もなかった。

奥歯《おくば》にひっかかったままのサキイカがなかなか取れないなとか、いつまでたってもシャックリが止まらないけど死なないかなとか、漁に使う網《あみ》がこんがらがって、どうしても解《と》けないけど、明日《あした》までになんとかしなきゃいけないいんだよなとか。そういう色気もへったくれもない理由ばかりだ。

「そ、そんな……ええっと、泣かないでくださいよ」

太郎《たろう》は乙姫《おとひめ》の背中《せなか》におっかなびっくり手を置いてみた。

すると、ガバっと乙姫《おとひめ》が起き上がり、「太郎《たろう》様！」としがみついてきたからたまらない。

「う、うわぁ‼」

椅子《いす》からずり落ち、そのまま尻餅《しりもち》をついてしまった。

もちろん、しがみついている乙姫《おとひめ》もいっしょである。

……と、そこに現《あらわ》れたのが執事《しつじ》の亀吉《かめきち》だ。

「え――、ごほんごほん！」

「う、うわっ！　は、はいはい！」

「いやーん！」

あわてふためく太郎《たろう》の背中《せなか》に乙姫《おとひめ》がしがみつくようにして隠《かく》れる。

亀吉《かめきち》は目のやり場に困《こま》りながらも部屋《へや》に入り、天井《てんじょう》のほうを見ながら言った。

「浦島太郎殿《うらしまたろうどの》の歓迎《かんげい》パーティーの準備《じゅんび》が整いました。そろそろ、着替《きが》えて夢《む》龍《りゅう》の間《ま》へいらしてくださいませ。そこでアンコウ大臣にも正式にご紹介《しょうかい》いたしますからな。その調子で仲のいいところを見せつけてください」

ふたりは顔を見合わせ、クスクス笑った。

そんなようすを微笑《ほほえ》ましく見ながら出ていこうとした亀吉《かめきち》。ふと立ち止まり、振《ふ》り返《かえ》った。

「そうでした。大切なことを忘《わす》れておりました。いいですね、今日《きょう》のパーティーはおふたりの婚約披露《こんやくひろう》パーティーも兼《か》ねておりますからね」

これには、太郎《たろう》は心底驚《おどろ》いた。

そ、そんなの、聞いてないよ。初耳だ。

だって、まだ会ってたったの二日《ふつか》だぞ!?

人間、あまりに驚《おどろ》くと、何も言えなくなってしまうらしい。

口をパクパクさせ、乙姫《おとひめ》と亀吉《かめきち》とを交互《こうご》に見る。

乙姫《おとひめ》はすっかりその気だったらしく、ポッと頬《ほお》を赤らめて太郎《たろう》をすくい上げるように見上げた。

「ねぇ、太郎《たろう》様！　乙姫《おとひめ》のおむこさんになってくださいましな。ね？　いいでしょう？」

おお、その目の輝《かがや》きといったら！

見つめられているうちに、頭がボーっとなっていく。

太郎《たろう》はピンク色の雲に乗っかった気分で、乙姫《おとひめ》を見つめながら思った。

ま、いっか！

このままこんな素敵《すてき》な世界で、何の不自由もなく暮《く》らせ、こんなにかわいらしい人と結婚《けっこん》できるだなんて。これ以上の幸福はないかもしれない……。

オレの平々凡々《へいへいぼんぼん》の人生では考えられない生活だもんな。

こうして、太郎《たろう》は結婚という人生の一大事をその時の勢《いきお》いや気分で決めてしまったのである。

このことがどんな波乱《はらん》を呼《よ》び、どんな事態《じたい》を招《まね》いてしまうのか……。

太郎《たろう》は考えもしなかったのである。

5

「なるほどね！　乙姫《おとひめ》とアンコウ大臣《だいじん》とで、竜王《りゅうおう》の跡目争《あとめあらそ》いをしていたというわけか。そこに、浦島太郎《うらしまたろう》がおむこさん候補《こうほ》として招かれる。しかも、浦島太郎《うらしまたろう》はもともと竜宮《りゅうぐう》人《びと》だったのにその記憶《きおく》をなくしてるのかぁ……！　うんうん、おもしろい。茜崎《あかねざき》って小説家の才能《さいのう》もあるんじゃないのか？」

小林《こばやし》は心底感心したという顔で、しきりにメモを取った。

もちろん、元《げん》も同じである。尊敬《そんけい》する反面、ますます夢羽《むう》が遠い存在《そんざい》に思えてきて、ちくっと胸《むね》が痛《いた》い。

当の本人はいたって平静そのもの。

たいしたことはないとあわてて謙遜《けんそん》することもないし、どうだおもしろいだろうと自《じ》慢《まん》するわけでもない。

そんなひょうひょうとした態度《たいど》がまた小学生離《ばな》れしている。

「この先の展開《てんかい》も考えなくっちゃな。当然、アンコウ大臣《だいじん》は邪魔《じゃま》してくるんだろうし」

小林《こばやし》が言うと、夢《む》羽《う》はうなずいた。

「そうだな。ま、手っ取り早く浦島太郎《うらしまたろう》を亡《な》き者にするとか」

「おお、いよいよ殺人事件《じけん》か！　だとすると、探偵《たんてい》役は誰《だれ》にする？　まさか乙姫《おとひめ》とか？」

「いや、浦島太郎《うらしまたろう》本人がするというのはどうだろう？」

「ええ？　だって、被害者《ひがいしゃ》だろ？」

彼女《かのじょ》の足下に長々と寝《ね》そべったラムセスが大きな声をあげた小林《こばやし》の顔を見上げた。

「そう。被害者が探偵《たんてい》なんだ」

わけがわからないという顔の小林《こばやし》と元《げん》を見て、夢《む》羽《う》は楽しそうに笑った。

その時、塔子《とうこ》がパタンパタンとスリッパの音を響《ひび》かせ、やってきた。

「元《げん》、あなたのヤングシスターが来てるわよ」

「ええ!?　ヤングシスターって!?」

はじかれたように立ち上がる。

「妹のことじゃないか？」

小林《こばやし》に言われ、元《げん》は「しまった！」と顔をしかめた。

亜紀《あき》に商店街のチラシに書いてあったクイズを夢羽《むう》に解《と》いてもらってくれと頼《たの》まれていたのをすっかり忘《わす》れていたからだ。

「ちょ、ちょっと待ってて」

元《げん》はあわてて玄関《げんかん》ホールに走っていった。

そこには、ふくれっつらをした亜紀《あき》が立っていた。

「お兄《にい》ちゃん、遅《おそ》いよぉ！　何やってんの!?」

「ご、ごめんごめん！」

「へぇー、でも、ここが夢羽《むう》ちゃんちなんだぁー。へぇー！　すごーい！」

亜紀《あき》は怒《おこ》っていたことなんかすぐに忘れ、初めて見る夢羽《むう》の家のほうに興味《きょうみ》を移《うつ》してしまった。

高い天井《てんじょう》やそこからぶら下がっているアンティークのシャンデリア、壁《かべ》にかかった大きな肖像画《しょうぞうが》……、二階へと続く階段《かいだん》、ピカピカに磨《みが》きこまれた焦《こ》げ茶色の床《ゆか》や家具類……。すべてがもの珍《めずら》しい。

「すごいね。ゴーストマンションみたい！」

ゴーストマンションというのは、大型遊園地にある西洋お化け屋敷《やしき》だ。たしかに、古い洋館で、恐《おそ》ろしげな肖像画がいっぱいかかっているし、アンティークの家具やシャンデリアがあるところなんかもそっくりだ。

しかし、人の家に来てお化け屋敷みたいだと言うのは失礼な話である。

「おい、黙《だま》ってちょっと待ってろ。今、聞いてくるからさ」

「あ、わたしも行く！」

亜紀《あき》は元《げん》にくっついてきた。

夢羽《むう》と小林《こばやし》はさっきの丸テーブルのところで待っていた。

「ごめん、茜崎《あかねざき》、小林《こばやし》。話の途中《とちゅう》で悪いんだけどさ。さっきのチラシのクイズのことなんだけど……」

「チラシのクイズ？」

それは初耳だと小林《こばやし》が聞き返した。

「ん、あのさ……」

と、チラシを見せ、さっきのクイズをもう一度説明した。

女の子が両手を胸《むね》の前で組み合わせ、空を見上げているイラストがあり、「ゆめ子《こ》、今年《ことし》もいっぱい食べたいわ!!」と書いてある例のやつだ。
「ゆめ子《こ》ちゃんの食べたいものは『ＹＫＭあいいお』。さあ、なんだろう!? クイズに答えて、沖縄《おきなわ》旅行を当てよう!!」

「へぇー！　けっこうこったことやるんだな、ギンギン商店街も……」

小林《こばやし》も目を輝《かがや》かせ、チラシをのぞきこんだ。

「うーん、なんだろう……う——む。食べ物なんだろうけどな」

「そうなんだよ」

ふたりが頭をくっつけてうなっていると、亜紀《あき》がそのチラシを取り上げ、夢羽《むう》に突《つ》きつけた。

「いいから！　夢羽《むう》ちゃんに解《と》いてもらうの。そのほうが速いんだから！　ねぇ、夢羽《むう》ちゃん、もうわかったでしょ？　わたし、クラスの子と競争してるの‼」

「おいおい、亜紀《あき》。いくら茜崎《あかねざき》だって、そうそう簡単《かんたん》にはわからないって」

と、言いかけた元《げん》に夢羽《むう》が静かな声で言った。

「いや、もうわかってるよ」

「ええ？」

「は？」

これには一同びっくり。

目をぱちくりさせてると、夢羽《むう》はチラシのゆめ子《こ》を指さして言った。

「『ヤキイモ』が答えだ」

「あ、ありがとと!! すごいすごい! さすが夢羽《むう》ちゃんだ!!」

亜紀《あき》は目をまん丸にして叫《さけ》んだ。

「で? なんでなんだ? 種明かしをしてくれよ」

この夢羽《むう》マジックは何度見ても驚《おどろ》かされる。元《げん》はチラシを目の前に置き、夢羽《むう》を見た。

小林《こばやし》も亜紀《あき》も同じである。

夢羽《むう》はちょっと恥《は》ずかしそうに微笑《ほほえ》み、首を振《ふ》った。

「単純《たんじゅん》だよ。この最初の『YK　M』と『あいいお』とをふたつに分け、『あいいお』をアルファベットに変換《へんかん》するんだ。『AIIO』とね」

「ふむふむ」

「で、最初の『YK　M』の真下に『AIIO』を置いてみる。それか、『YK　M』を縦書《たてが》きにして、その右に『AIIO』を置いてみてもいい」

小林《こばやし》はさっそくノートにその通り書いてみた。

あ　い　い　お

↓

A　I　I　O

Y　K　　M
A　I　I　O

Y　A
K　I
　　I
M　O

そして、すぐに「あぁぁ！」とため息といっしょに声をもらした。

そう。こういう暗号なんてものは、わかってみれば単純《たんじゅん》なものだ。

YとAでYA、KとIでKI、Iだけ、MとOでMO、つまり、「YA　KI　I　MO」となるから、正解《せいかい》は「ヤキイモ」ということになる。ゆめ子《こ》が食べたいのは「ヤキイモ」だったというわけ。

「さっすが！　ほーらね。言った通りでしょ？　夢羽《むう》ちゃんに頼《たの》めば一発だって。ありがとう！　ねぇ、お兄《にい》ちゃん。早くうちに帰ろう。もう暗くなってるよ！」

「わ、わかったよぉぉ」

本当は夢羽《むう》と小林《こばやし》といっしょにまだ浦島太郎《うらしまたろう》のストーリーを考えたかったが、亜紀《あき》をひとりで帰すわけにもいかない。

後《うし》ろ髪《がみ》を引かれる思いで、元《げん》は夢羽《むう》の家を後にしたのだった。

★決定《けってい》

1

翌日《よくじつ》の学級会で、いよいよ演目《えんもく》が決定されることとなった。

瑠香《るか》は自信満々で、小林《こばやし》と夢羽《むう》が考えた「創作ミュージカル『浦島太郎殺人事件《うらしまたろうさつじんじけん》』」を提案《ていあん》した。

他の班《はん》は『ピーターパン』や『モモ』や『注文の多い料理店』など、よく知られたお話だった。

だからなのか、子供《こども》たちの受けは瑠香《るか》たちの班のものがダントツだった。

「すごいなぁ。ほんとにおまえたちだけで考えたのか？　浦島太郎《うらしまたろう》が実は竜宮人《りゅうぐうびと》で、竜《りゅう》王《おう》の跡目《あとめ》争いのためにに連れてこられただなんて。はははは、まいったなぁ‼」

担任《たんにん》のプー先生も目を丸くした。

小日向徹《こひなたとおる》という名前だが、その体型からか、よくオナラをするからか、あだ名はプー先生という。

親しみやすい小さな目を丸くして、何度も「すごいなぁ!」とか「まいったなぁ!」と繰《く》り返《かえ》した。

バカ田《ダ》トリオの班《はん》が出した『レ・ミゼラブル』は、あまりに真面目《まじめ》すぎて、受けもイマイチだった。

その点、『浦島太郎殺人事件《うらしまたろうさつじんじけん》』は笑えるし、歌や踊《おど》りも楽しそうだ。それに、たくさんの役が作れそうだというのが良かった。

「よし、じゃあ、江口《えぐち》たちの『浦島太郎《うらしまたろう》殺人事件』にすることで決まりだな?」

プー先生が聞くと、みんな、「はーい!」と手を挙げて賛成《さんせい》した。

「くっそぉおぉ‼」

大きな音をたて、くやしそうに机《つくえ》をたたいたのは、バカ田《ダ》トリオのリーダー、河田《かわだ》だ。

彼《かれ》はなぜかクラスの委員長でもあるから、決まったことには協力しなければならない。

「わかったぜ! オレたちも男だ。鼻からスパゲッティ、食べればいいんだろ⁉」

島田《しまだ》や山田《やまだ》はすごく嫌《いや》そうな顔をして、そんなこと、瑠香《るか》から言われる前にわざわざ言うことはないいんじゃないかと思ったが、河田《かわだ》が言ってしまった以上、もう後にはひけなかった。

「おうおう、そうだそうだ。食ってやるぜ！」

「くやしかったら、スパゲッティ、持ってきてみろ！」

と、まったくよくわからないすごみ方だ。

瑠香《るか》は余裕《よゆう》の笑《え》みを浮《う》かべ、両手を組んだ。

「そんなもん、最初からできないに決まってるじゃないの。バッカじゃない？」

この『バッ』にアクセントをおく言い方が、男子の心を深く傷《きず》つけるというのを知ってか知らずか……。彼女《かのじょ》は二度も三度も繰《く》り返《かえ》した。

元《げん》がバカ田《ダ》トリオに同情《どうじょう》し始めた頃《ころ》、瑠香《るか》が斜《なな》め上からの角度で三人を見下ろした。

「でも、約束は約束だからね。鼻から食べてもらう代わりに、あんたたちにはこっちがやってほしい役を問答無用でやってもらうわよ！」

「く、くっそぉぉぉ‼」

「くっそおおお」

「くそおぉぉぉ‼」

三人、同じように握《にぎ》り拳《こぶし》を振《ふ》るわせ、くやしそうに地団駄《じだんだ》を踏《ふ》んだ。

そのようすは、まさに『浦島太郎《うらしまたろう》』に出てくるいじめっ子たちだったが、瑠香《るか》が頼《たの》んだのも当然、その役だった。

クラス中、大笑い。

それ以上、似合《にあ》いの役はないし、他の誰《だれ》もできないと拍手《はくしゅ》まで起こった。

これには、バカ田《ダ》トリオも内心悪い気がしなかったらしい。

「くっそぉぉ！　覚えてろよ」

「なんでオレたちがいじめっ子なんだよ」

「なんだなんだなんだ‼」

と、怒《おこ》ってみせたが、そのくせニヤニヤ笑っている。

いちおう台詞《せりふ》がたくさんある役なのでうれしいのかなと、元は思った。

「ほらほら、江口《えぐち》。他の役もいろいろ決めていかなくちゃいけないだろ？　これからは、おまえがリーダーになって議事を進めてくれ。いいな？」

プー先生に言われ、瑠香《るか》はやる気満々の顔で黒板の前に出てきた。

そして、黒板に「創作ミュージカル『浦島太郎殺人事件《うらしまたろうさつじんじけん》』」と書いた。

「では、配役から決めていこうと思います。主な配役を小林《こばやし》くん、書いてください」

瑠香《るか》に言われ、小林《こばやし》は音もたてずに立ち上がった。

中学生に間違《まちが》えられるほど背《せ》が高く、手足が長い。縁《ふち》なしの眼鏡《めがね》を光らせ、口元は軽く微笑《ほほえ》んでいる。

元《げん》はそんな小林《こばやし》を見て、胃がきりきりと痛《いた》くなってきていた。

ううう、やっぱりオレが浦島太郎《うらしまたろう》になっちゃうのかなぁ……？

台詞とかちゃんと覚えられるんだろうか？

だいたいミュージカルってことは、歌やら踊《おど》りやらやんなきゃいけないんだろぉ？

いやいや、断固《だんこ》として嫌《いや》だと言おう。

そりゃ、乙姫《おとひめ》が夢羽《むう》なら、話は別だけどさ……。

チラっと横を見ると、珍《めずら》しく夢羽《むう》は居眠《いねむ》りもせず、楽しそうに黒板のほうを向いていた。

自分で考えた話が劇《げき》になるんだから、楽しみなのかもしれない。

そういや、夢羽《むう》の歌ってちゃんと聞いたことないなぁ。もちろん、踊《おど》りだって。

天才少女の彼女《かのじょ》のことだ。きっと何をやらせてもすごいんだろうけど。ぜひ一度見てみたいもんだ！

うんうん、すっげぇかわいいんだろうなぁ。

はぁぁ……。

ついついしまりのない顔になってしまっているのに、元《げん》は気づかなかった。

「ん？」

何か用？　という顔で、夢羽《むう》が元《げん》を見た。

元《げん》はあわてて首を振《ふ》り、前を見て……再《ふたた》びびっくり。大あわてにあわてた。

黒板に、「浦島太郎《うらしまたろう》……杉下元《すぎしたげん》」と書いてあったからだ!!

2

「う、うそだろぉぉ!!」

思わず元《げん》は立ち上がり、叫《さけ》んでいた。

クラス中の視線《しせん》が集まる。視線がもし、レーザー光線だったら、間違《まちが》いなく元《げん》はこんがり焼き殺されていたことだろう。

「なに、今さら言ってんのよ。小林《こばやし》くんが元《げん》くんを推薦《すいせん》したんだよ。そしたら、みんな賛成《さんせい》したし、元《げん》くんだって何も反対しなかったじゃないの? それどころか、ニヤニヤしてたじゃん!!」

「そ、それは……!」

元《げん》は頭を抱《かか》えてしまった。

ニヤニヤしてたのは、夢羽《むう》を見てたからだなんて言えやしない。

「だめよ、決まり決まり」

瑠香《るか》が言うと、クラスのみんなも「元《げん》にぴったりだよ！」「がんばれよ」「すっごく似《に》合《あ》うと思うよぉ、腰《こし》みの」「うんうん、一番似合うよねー」などと、無責任《むせきにん》なことを口々に言った。

「オレ、カメになったからさあ。元《げん》が浦島太郎《うらしまたろう》だとうれしいな。な、がんばろうぜ」

後ろから、大木《おおき》が言った。

「えええ？」

たしかに、黒板の「浦島太郎《うらしまたろう》……杉下元《すぎしたげん》」の隣《となり》には「亀吉《かめきち》……大木登《おおきのぼる》」と書いてあった。

まいった！

本気でまいった……。

こりゃ、親戚《しんせき》一同、総出《そうで》で来るな。んでもって、ばっちりビデオも撮《と》られて、『裸《はだか》の王様』に引き続き、末代《まつだい》までの恥《はじ》になるんだ。

「こら、グズグズ言うな！」

「そうだぞ。グズグズ言うな、グズ！」

「グズ元《げん》！」

バカ田《ダ》トリオがはやしたてる。

「ううう……わ、わかった！　その代わり条件《じょうけん》がある」

元《げん》は机《つくえ》に両手をバンっと置いた。

「何？」

瑠香《るか》が驚《おどろ》いて瞬《まばた》きをする。

横で小林《こばやし》も持っていた白いチョークを止めた。

元《げん》はゴクっとツバをのみこみ、うめくような声で言った。

「あの…………はつけたくない……」

「え？　何？　聞こえないよ」

瑠香《るか》が聞き返す。みんなもいったい何を言い出したのかと耳をそばだてている。

うー！

恥《は》ずかしいったらない。

でも、ここできっちり言っておかないと。末代《まつだい》までの恥《はじ》をかいてしまう！

元《げん》は勇気を振《ふ》りしぼり、大声で言った。

「腰《こし》みのはつけたくない‼」

みんなポカーンとした顔。瑠香《るか》も大木《おおき》も元《げん》は何を言ってるのかと、しばらく目をパチクリしていたが、いきなり吹《ふ》きだした人がいた。

なんと！

教壇《きょうだん》の横、窓際《まどぎわ》の席でテストの丸付けをしていたプー先生だ。

真《ま》っ赤《か》な顔をしてにらむ元《げん》に、プー先生はぺこぺこ頭を下げた。

「ごめんごめん。はははっははは、たしかにな。あれはオレもつけたくないかな」

ようやく瑠香《るか》たちもわかったようだ。

「ああ！　なんだ、あれね。ハワイのフラダンスの人たちがつけてるようなやつ。せっかくビニールひもで作ってあげようと思ってたのに」

「いやだ！　あれつけるんだったら、やらない‼」

きっぱり言う元《げん》に、瑠香《るか》はあっさり認《みと》めた。

「いいよ。ま、着物着てくれればそれでいい。短パンぽい袴《はかま》みたいなの、はいてもらおうかな。それはいいよね？　長い着物着るのは変だし、かと言って短い着物だと子供《こども》みたいだしさ」

「う、うん……とにかく、あのヒラヒラしたのじゃなきゃいい」

ぶ然《ぜん》とした顔で元《げん》は席に座《すわ》った。

それを見て、瑠香《るか》はクラスのみんなを見渡《みわた》した。

「じゃ、乙姫《おとひめ》様だけど、誰《だれ》かやりたい人いる？　いなきゃ、推薦《すいせん》でもいいけど」

「なんだよ、おまえがやりたいってんじゃないのかよ！　かっこつけてねえで、さっさと立候補《りっこうほ》しろよ‼」

島田《しまだ》がはやしたてると、横の席にいた末次要一《すえつぐよういち》が眉《まゆ》を上げた。

「うるさいなぁ！　いちいちそういうことを言うなよ」

彼《かれ》は別に瑠香《るか》のことをかばってそんなことを言ったわけではない。大事な中学受験を控《ひか》え、猛《もう》勉強中の彼にとっては、正直、学芸会どころじゃなくて。さっさと決めるものは決めて、早く通常《つうじょう》の授業《じゅぎょう》にもどってほしかったのだ。

それがわかっているから、島田《しまだ》も「へん！　なんだなんだ？　おめえ、江口《えぐち》のこと好きなのかよ‼　ちぇ、テストと結婚《けっこん》すんのかと思ってたぜ」と末次《すえつぐ》をからかった。

相手にしてられないという顔で、末次《すえつぐ》はわざとらしく参考書を広げた。

「あああ！　先生、こいつ、なんか塾《じゅく》の勉強とかしてる‼　今は学活なんだから、ダメだろ⁉」

でも、プー先生はちょっと顔を上げただけで、聞こえないふり。またテストの丸付けにもどってしまった。

末次《すえつぐ》は勝った！　という顔で堂々と参考書を見た。

それを見て、瑠香《るか》が言った。

「末次《すえつぐ》くん！　あんたもちゃんと参加してもらうからね。そうだ！　このアンコウ大臣《だいじん》なんてどう？　ちょっと迫力《はくりょく》不足だけど、まぁ、衣装《いしょう》やメーキャップでなんとかなるでしょ」

「うげぇぇ、やだよ！　そんなの」

末次《すえつぐ》は参考書から顔を上げ、すぐその場で吐《は》きそうな顔をした。

「あ、そう？　だったら、ちゃんと参加しておくことね。じゃないと、さっきの元《げん》くんと同じで、聞いてない人から決めていっちゃうから」

これにはしぶしぶ参考書を閉《と》じるしかない。

すると、ショートカットの目黒裕美《めぐろひろみ》が手を挙げた。

「成美《なるみ》ちゃんがいいんじゃない？　やっぱり主役は彼女《かのじょ》でしょー！」

成美《なるみ》というのは、前にも説明した通り、両親が大学の先生で、本人もミュージカルのオーディションで最終選考まで残ったという実力者である。

小さな頃《ころ》から、ボイストレーニングやダンスのレッスンをしているらしい。

夢羽《むう》のように、そんなに飛び抜《ぬ》けて美人！　というわけではないが、日焼けした顔に黒く大きな目が印象的だ。話す時に、さらさらの長い黒髪《くろかみ》を左右にゆらすのがクセだ。

「そうだよね！　決まりだよねー！」

裕美《ひろみ》の横にいたクリっとした目の三田佐恵美《みたさえみ》も賛成した。

最終選考にまで残ったという成美《なるみ》の存在《そんざい》は、裕美《ひろみ》や佐恵美《さえみ》にとってはほとんど芸能人《げいのうじん》と変わらなかった。

成美《なるみ》は成美《なるみ》で、別に苦しゅうないという顔。

そんなようすを見て、瑠香《るか》はにっこり笑った。

「わたしもそうかなとは思ってたんだ。乙姫《おとひめ》様なんてピッタリだよね。髪《かみ》も長くてきれいだし。どう？　やってくれる？　他の人たちも成美《なるみ》ちゃんでいいですか？」

やり手プロデューサーのような瑠香《るか》の言い方に、クラスのみんなは一も二もなく賛《さん》成《せい》した。

そんなようすを見て、元《げん》はつくづく感心していた。

瑠香《るか》って、マジ、すげえ。

もしかしたら、将来政治家《しょうらいせいじか》とかになったりするかもな！

いやいや、実際《じっさい》、彼女《かのじょ》に一番合ってる気

がする。政治家《せいじか》とか女実業家とか。絶対《ぜったい》、主婦《しゅふ》だけやってるような人にはならないだろうし、もし、主婦になったって、ＰＴＡの会長とかやるタイプだ。

3

瑠香《るか》の手腕《しゅわん》と、小林《こばやし》の適切《てきせつ》なアドバイスにより、配役は次々に決まっていった。

もちろん、役を演《えん》じる人ばかりではない。美術《びじゅつ》や照明、メーク、衣装《いしょう》など、いろいろ裏方《うらかた》と呼《よ》ばれるような役目の人たちも必要だ。

でも、なかにはぜひ裏方をやりたい！　と希望する者もいて、うまいぐあいに決まっていった。

結果、主立った役は浦島太郎《うらしまたろう》が元《げん》、乙姫《おとひめ》が成美《なるみ》、亀吉《かめきち》が大木《おおき》で、いじめっ子たちはバカ田《ダ》トリオの三人。乙姫《おとひめ》の世話係のカサ子《こ》は裕美《ひろみ》、クマ江《え》は佐恵美《さえみ》がなった。

そうそう、アンコウ大臣《だいじん》は末次《すえつぐ》が絶対《ぜったい》に嫌《いや》だと言《い》い張《は》り、この役だけはなかなか決まらなかった。

みんなも尻《しり》ごみした。というのも、悪役《あくやく》だというだけではなく、頭に光る提灯《ちょうちん》をぶら下げたりして、かなりかっこ悪そうだというのがわかったからだ。

「困《こま》ったなぁ。でも、すっごく目立ついい役なんだけどなぁ！」

瑠香《るか》が困った顔で隣《となり》の小林《こばやし》を見た。

彼《かれ》は実に整った字で黒板に次々と決まる配役や裏方《うらかた》を書いているところだったが、ひとつ呼吸《こきゅう》をして言った。

「いいよ。じゃあ、オレがやるよ」

いやいや、この時の悲鳴と言ったら！

「きゃあああ‼」

「うっそぉぉ」

「やだぁあああ‼」

と、わけのわからない女子の悲鳴でクラスは騒然《そうぜん》となった。

ったくぅ。美少年は得だよな。何やっても。

悪大臣《あくだいじん》やったって、この騒《さわ》ぎだもんな。

最近、やっかみがよく入りがちな元《げん》は、クラスの女子たちの反応《はんのう》を見てそう思った。

でも、けっこう他の男子たちも元《げん》と同じような顔である。

「うるさいなぁ、もう！」

と、またまた末次《すえつぐ》が大声で言ったもんだから、彼《かれ》は周辺の女子たちからすごい目でにらまれてしまった。

しかし、不思議《ふしぎ》なもんだ。

美少年の小林《こばやし》がやるとなったら、悪役《あくやく》、アンコウ大臣《だいじん》の役がいいように思えてくる。

アンコウ大臣の子分、ウツボ次官《じかん》とサメ次官はすぐ決まった。

なんと、あれだけアンコウ大臣は嫌《いや》だと言った末次《すえつぐ》がウツボ次官ならいいと言いだした。サメ次官は、美術班《びじゅつはん》に決まっていた茶色っぽい髪《かみ》の溝口健《みぞぐちけん》が兼任《けんにん》することになったのである。

こうして、無事、全部の役が決まった。

「そうだ。音楽のことなんだけどさ。この前、頼《たの》んだ通り、里江《りえ》ちゃん、いっしょに考えてよね」

瑠香《るか》に言われ、ピアノの得意な里江《りえ》はこっくりうなずいた。

「そっか。ピアノだけじゃなくて、他の楽器もあるといいな。木琴《もっきん》とか笛とかタンバリンとか」

小林《こばやし》に言われ、里江《りえ》は鉛筆《えんぴつ》であごをつんつんしながら言った。

「いいよ。じゃあ、それも考えてみる。役についてない人たちがやればいいんだよね？」

「そうだね。できるだけいろんな形でみんなが参加できるようにしたいし。ま、じゃあ、どこで音楽入れるかを相談してから、いろいろ決めよう」

「オーケー！」

里江《りえ》が明るく返事をすると、瑠香《るか》も満足そうにうなずいた。

「だんだん形になってきたね。じゃあ、早いとこ、台本を完成させてもらって。で、みんなにいろいろ作ってもらう？　背景《はいけい》とか衣装《いしょう》とか」

瑠香《るか》が聞くと、小林《こばやし》が首を横に振《ふ》った。

「いや、それじゃ時間がもったいないよ。台本を書くのと同時進行でやろう。最初は砂《すな》浜《はま》で、次は浦島太郎《うらしまたろう》の家、で、あとは竜宮城《りゅうぐうじょう》だからね。浦島太郎《うらしまたろう》の家なんて、布団《ふとん》と戸だけあれば、それでいいしさ。意外と簡単《かんたん》だろ？」

「ふむふむ。じゃあ、美術班《びじゅつはん》、よろしくね！」

瑠香《るか》が言うと、できたてホヤホヤの美術班が「おう！」とか「はーい」とか返事をした。

美術班のリーダーは高橋冴子《たかはしさえこ》である。瑠香《るか》の親友で、美術が得意な女子だ。

彼女《かのじょ》は長いお下げ髪《がみ》を後ろに払《はら》いながら、立ち上がった。

「材料はどうするの？　お金、かかると思うけど……」

すると、プー先生が採点《さいてん》をしていたテスト用紙から顔を上げた。

「材料はお金をかけず、自分たちで手に入る範囲《はんい》でやりなさい。画材なんかは図工室《ずこうしつ》に行って、木村《きむら》先生にお願いすれば分けてくださるからな」

「じゃあさぁ。砂浜《すなはま》とかは別になんにもいらないからさぁ。松とかを作る？」

などと、さっそく話し合いが始まった。

その時、ひじを曲げたまま手を半分挙げた者がいた。

なんと！　それは夢羽《むう》だった‼

「夢羽《むう》、な、何？」

こういう学校行事などに積極的に参加するタイプじゃないと思っていた瑠香《るか》はびっくりしてしまった。

他のみんなも瑠香《るか》と同じように思っていたから、何を言い出すんだ？　と、注目した。

もちろん、隣《となり》の席の元《げん》も同じである。

夢羽《むう》は手を下げると、ガタンと席を立ち上がった。

「背景《はいけい》を屏風《びょうぶ》にするといいかなと思って」

「屏風⁉」

瑠香《るか》が聞き返すと、夢羽《むう》はうなずいた。

屏風というのは、結婚式《けっこんしき》などの時に使う三つ折りや四つ折りになった衝立《ついたて》のことである。

パタパタとコンパクトに畳《たた》んでしまうこともできるし、広げて置けば背景になる。しかも、両面使えるから、違《ちが》う背景に早変わりすることもできるというのだ。

「それに、筒状《つつじょう》に立てておくこともできるから、柱の代わりにもなるよ」

四つ折りの屏風《びょうぶ》なら、五角柱になるし、三つ折りなら、四角柱になるというわけ。

「なるほど。それ、いいアイデアかもしれない。大きな絵を描《か》いたり保管《ほかん》したりするのはすごく大変だけど、そうやって三つ折りや四つ折りにしておけるなら、作るのも楽だな」

小林《こばやし》も賛成《さんせい》した。

冴子《さえこ》もふんふんとうなずき、頭のなかでアイデアを考え始めたようだった。

美術班《びじゅつはん》の溝口《みぞぐち》や照明班の安山浩《やすやまひろし》も、乗り気でボソボソ話している。

「ねえ、瑠香《るか》ちゃん……」

と、遠慮《えんりょ》がちに手を挙げたのは衣装《いしょう》班を担当《たんとう》した木田恵理《きだえり》だ。

彼女《かのじょ》の他《ほか》にも水原久美《みずはらくみ》、桜木良美《さくらぎよしみ》も同じ衣装班。三人とも、気の弱そうな……今ひとつ押《お》しの弱そうな女子ばかりである。

「ん？　なぁに？」

「あ、あのぉ……衣装やメークもやっぱり図工室から材料とか借りるの？」

『浦島太郎
・配役
浦島太郎
乙姫

恵理《えり》はチラチラとプー先生のほうを見ながら聞いた。

瑠香《るか》も先生に聞かなければ答えられない。

プー先生はゆっくりと赤ペンを置き、ニコっと笑いかけた。

「ええっと、そうかそうか。衣装《いしょう》なぁ。『浦島太郎《うらしまたろう》』やるんなら、浴衣《ゆかた》とかがいるだろ？　家にあるのを持ってきたらどうだ？　お面作ったりするのは、やっぱり図工の木《き》村《むら》先生に相談しろ」

恵理《えり》たちは安心したように、三人顔を見合わせた。

うまくいきそう！

瑠香《るか》は内心、そうとうの手応《てごた》えを感じていた。

こんなにクラスがひとつにまとまることなんて、そうそうない。運動会とかでは張《は》り切《き》るけど。

「なんとかなりそうだね！」

隣《となり》で黒板に配役などを書きこんでいた小林《こばやし》に言うと、彼《かれ》は瑠香《るか》を見下ろし、首を小さく傾《かし》げた。

「まぁね。でも、大変なのはこれからだよ。決して楽観はできないと思うな」

その大人《おとな》ぶったような言い方に瑠香《るか》はカチンときた。

「そんなのわかってるけど。でも、思ったよりもうまくいきそうだねって言いたかったんじゃん！」

彼女《かのじょ》の反発に、小林《こばやし》は驚《おどろ》いて目を丸くした。

「いや、別に責《せ》めたわけでもなんでもないよ。これだけの人数で何かひとつのものを作るのって、なかなか難《むずか》しいだろうなぁと思ったからね。それだけだよ。気を悪くしたなら、ごめん」

言葉を選びながら言う小林《こばやし》に、瑠香《るか》はますますイラっときた。

すべて彼《かれ》の言う通りだからだ。

でも、こういう時は「そうだな！　うまくいくよ、きっと。がんばろうぜぃ！」と、肩《かた》をボーンとたたくとか、ハイタッチするとか、そういうテンションで応《こた》えてほしいもんだ。

それに、彼はちっとも悪くない。謝《あやま》る必要もない。

謝《あやま》るべきなのは、自分のほうだろう。

瑠香《るか》は口をキュッととがらせて言った。

「ったく。謝る必要なんかないのに謝らないでよ」

ますます目を丸くし、困《こま》ったなぁという顔の小林《こばやし》を残し、瑠香《るか》は美術班《びじゅつはん》の冴子《さえこ》たちのところへとズンズン歩いていった。

はぁ……。

なんか失敗したのかな？

女の子はむずかしいなぁ。

と、頭をかいているところ、元《げん》と大木《おおき》がやってきた。

「あのさぁ、台本のことなんだけど」

ふたりとも神妙《しんみょう》な顔つきである。

「ん？　どうしたんだ？」

ホッとした顔で小林《こばやし》が聞くと、ふたりは顔を見合わせた。

「台詞《せりふ》、できるだけ少なくしてくれないか？」

4

ふたりとも、主要な役をやることになったはいいが、台詞《せりふ》なんてものをそんなにたくさん覚えたことなんかない。

まして、今回の劇《げき》では歌や踊《おど》りもあるという。

「浦島太郎《うらしまたろう》がひとりで歌うシーンとか作るなよ」

元《げん》がおがむように言うと、小林《こばやし》は真顔で首を横にした。

「それは約束できないよ。オレ、ひとりで台本書いてるわけじゃないしさ。演出《えんしゅつ》上のこともある。オレより江口《えぐち》に頼《たの》んだほうがいいんじゃないか？」

「それができるなら、おまえに頼むか！」

元《げん》の言い分ももっともなので、小林《こばやし》は吹《ふ》きだした。

「ちぇ、笑いごとじゃないぞ！　じゃあ、せめてカンニングペーパーでも作ってくれよな」

元《げん》が言うと、小林《こばやし》は再《ふたた》び真顔になった。

「あぁ、だめだよ。そんなのに頼《たよ》ってちゃ、いつまでたっても台詞《せりふ》なんか覚えられないよ」

「ケチ！」

「おいおい、ケチとかそういう問題じゃないって。まぁ、できるだけ早く完成させるからさ。ふたりで練習するんだな。うん！　練習あるのみ」

「だぁぁぁ……」

「まいったなぁぁ」

元《げん》と大木《おおき》は大きなため息をついた。

瑠香《るか》は夢羽《むう》を呼《よ》び、美術班《びじゅつはん》と話をしている。そのようすを元がうらめしげに見ていたら、ひょいと夢羽《むう》が振《ふ》り返《かえ》った。

ばっちり目が合ってしまう。

ごくりと元《げん》がツバをのむと、夢羽《むう》はなんとも柔《やわ》らかな表情《ひょうじょう》で笑ってみせた。

「へぇー、茜崎《あかねざき》って元《げん》にはあんな顔するんだな」

すぐ横から、小林《こばやし》の声がして、元《げん》は飛び上がるほど驚《おどろ》いた。

「え？　な、な、何のことだよ」

あきらかに動揺《どうよう》している元《げん》の肩《かた》に、小林《こばやし》がドンと肩をぶつけてきた。

「うわっ」

思わずよろけ、大木《おおき》に体当たり。大木《おおき》はビクともしないから、反動で、元《げん》はまた小《こ》林《ばやし》のほうにもどった。

そこを小林《こばやし》がヒラリとよける。

「あ、あわわ！」

ゆりもどされて、誰《だれ》もいないもんだから、そのままひっくり返りそうになった。

オットット……と片足《かたあし》でバランスを取り、なんとか姿勢《しせい》をキープ。

「このやろっ！　大木《おおき》！　頼《たの》むぞ」

「え？　あぁ、わかった」

笑って逃《に》げだそうとする小林《こばやし》を大木《おおき》ががっちり後ろから羽交《はが》いじめ。元《げん》は小林《こばやし》の脇《わき》をくすぐる。

「ぎゃっはっはっは、や、やめてくれぇ！」

「へへ、やめないぜぇ！」

「ひ、卑怯《ひきょう》だぞぉ」

三人、ゲラゲラ笑いながらじゃれ合っていると、授業《じゅぎょう》終わりのチャイムが鳴った。

それをきっかけに大木《おおき》が手をゆるめる。

「はぁ、はぁ……」

大げさに肩《かた》で息をつく小林《こばやし》のところに、瑠香《るか》がやってきた。

「じゃあ、小林《こばやし》くん。夢羽《むう》といっしょに台本、書いてね。だいたいいつ頃《ごろ》になるかなぁ？　同時進行にしたって、台詞《せりふ》覚えたり、音楽決めたりしなきゃいけないでしょう？」

彼女《かのじょ》はさっきムっとしたことなど、すっかり忘《わす》れたという顔。

小林《こばやし》は内心ホっとしながらも、息を整えて答えた。

「そうだなぁ……ま、今週いっぱいには。でも、それぞれの計画、いちおう立てたほうがいいな。美術《びじゅつ》、衣装《いしょう》、照明、音楽、演技《えんぎ》なんかの」

「うん、そうだね。それがあると、すごくありがたいよ。小林《こばやし》くんの言う通り、もう大変だね！　みんながいっぺんにいろんなこと聞いてくるから。わたしだってわかんないって！」

瑠香《るか》はちょっとだけ照れくさそうな顔でにっこり笑った。

小林《こばやし》はさっきとはまた違《ちが》った意味で、目を丸くした。

「ねー、瑠香《るか》ぁー‼　ちょっと来て。さっきの松林のことだけどさぁー！」

美術班《びじゅつはん》の冴子《さえこ》が大声で瑠香《るか》を呼《よ》ぶ声が響《ひび》いた。

瑠香《るか》はチラっとそっちに目を走らせた後、小林《こばやし》の肩《かた》をポンとたたいた。

「じゃ、お願いするね！」

彼女《かのじょ》の後《うし》ろ姿《すがた》を見送る小林《こばやし》に、元《げん》が心から同情《どうじょう》して言った。

「江口《えぐち》にいいように使われてんなぁ。あいつはそういうとこ、天才だと思うぜ。気をつけないと、大変な目にあうぞ」

うん、やっぱ政治家《せいじか》向きだな。

などと感心していると、小林《こばやし》は苦笑した。

「いやぁ、オレは今ちょっと江口《えぐち》を見直してたところなんだ」

「え？」

「だってさ。……まぁ、たしかに感情的《かんじょうてき》だし、こっちの神経《しんけい》を逆《さか》なでするような言い方もするし、人使いも荒《あら》いよ。だけど、……なんて言うのかな。人の心をつかむのがうまいね。素直《すなお》なところもあるし、潔《いさぎよ》くパっと自分が悪かったところを認《みと》めたりもするし。あれは、たしかに元《げん》の言う通り、一種の天才だ。うん」

「ふぅーん、そんなもんかな」

元《げん》が首を傾《かし》げると、大木《おおき》も後ろで腕組《うでぐ》みをしてうなった。

「うーん、とにかくたくさんの人をまとめるって、けっこう大変そうだからなぁ。オレにはとてもできないよ」

小林《こばやし》のほめ言葉を聞いて、元《げん》は、

「まぁ、そうだけどさ。あいつの場合はほとんどブルドーザー並《な》みだからな！」

三人の頭のなかに、あたりの木々や山をなぎ倒《たお》しながら進んでいくブルドーザーが浮《う》かんだ。そして、そのブルドーザーの屋根にはなぜか瑠香《るか》の顔がくっついている。

それがまたよく似合《にあ》うからおもしろい。

三人は誰《だれ》からともなしに吹《ふ》きだし、ゲラゲラ笑い転げた。

5

学校が終わった後、その日も元《げん》と小林《こばやし》は夢羽《むう》の家に行くことになった。

小林《こばやし》と夢羽《むう》がストーリーをさらにつめ、台本にしていく作業をするのを元《げん》が手伝《てつだ》うということとなのだが……。

「なんかこう……オレが行く必要あんのかなぁと思うね」

帰り道、いっしょに帰る大木《おおき》に元《げん》はボソっと言った。

大木《おおき》はチラっと元《げん》を見て笑った。

「なんだよ。何、ひねくれたこと言ってんだよ。元《げん》らしくないぞ」

「だけどさぁ！　昨日《きのう》もそうだったけど、ふたりでどんどん決めてくんだ。しかも、よくまぁそんなアイデアが出るもんだと感心するようなさ。だから、なんかこう……オレ、邪魔《じゃま》なんじゃないかと思ってさ」

「んなわけないだろ？　だって、元《げん》は浦島太郎《うらしまたろう》役なんだから、台本ができあがる時にいっしょにいたほうがいいよ。どうしてそんなストーリーになったかがわかるから、きっと感情《かんじょう》もこめやすいだろうしさ。あ、それに台詞《せりふ》の数を減《へ》らすように見張《みは》ってることもできるだろ？」

「そっか……でも、それ言ったら、大木《おおき》だって同じじゃないか！　亀吉《かめきち》なんだから」

「うーん……ごめん。それはそうなんだけど、オレ、今日《きょう》は夕飯作る当番だからさぁ」

大木《おおき》の家では、週に何日か、大木《おおき》が夕飯を作ることになっていて。本人もそれが楽しみなのだ。

ちなみに、今日のおかずはコロッケ丼《どん》にしようと思っていた。

ご飯の上にキャベツの千切《せんぎ》りをいっぱいのせ、商店街で買ってきた揚《あ》げたてのコロッケを食べやすい大きさに切ったのをのっける。炒《いた》めたミニトマトも彩《いろど》りにのせる。

そして、大木《おおき》特製《とくせい》のソースをかけるのだが、このソースが自信作なのだ。

デミグラスソースとトンカツソース、それからケチャップとタバスコをちょっと、
ラー油もちょこっと。切りゴマも和《あ》える。

これで、ぴりっと濃厚《のうこう》なソースの出来上がりというわけ。

「ふぅん、そうかぁ……じゃあ、しかたないなぁ」

今時の小学生はみんな塾《じゅく》やピアノ、水泳、サッカー、野球……と、放課後も何かと忙《いそが》しい。

暇《ひま》にしているのは小林《こばやし》、元《げん》、夢羽《むう》くらいなのかもしれない。

そうそう、肝心《かんじん》の瑠香《るか》も今日《きょう》は塾《じゅく》があるから来られないのだから。まぁ、彼女《かのじょ》が来ても、あれこれ口出しをしてうるさいばかりかもしれないけれど。

けっこうその点、本人も自覚があるらしく、

「台本のほうは任《まか》せてあるんだから、わたしがへたに口出ししないほうがいいと思うのよ。それに、わたしもさぁ、やることいっぱいあるからね」

と、言っていた。

そういう点も指導者《しどうしゃ》としての素質《そしつ》があるといえる。

有能《ゆうのう》な指導者は部下を信用し、任《まか》せるところは思い切って任せるんだと、父の英助《えいすけ》も言っていたっけ。

ついつい元《げん》はまたしょぼくれてしまう。

あぁあ、やっぱりオレは平凡《へいぼん》だよなぁ！

もうちょっとどこか個性《こせい》ってもんがないとなぁ。

ん、何かやったほうがいいかな。空手とか柔道《じゅうどう》とか剣道《けんどう》とか。

とはいえ、放課後はできるだけ自由な時間を持ち、のんびり好きな本でも読んでいたいと思う。

運動も好きだけど、リトルリーグなど、どこかの団体《だんたい》に入ったりすると、ものすごく忙《いそが》しくなる。

もっと子供《こども》の頃《ころ》は、みんなで公園に集まり、暗くなるまで遊んだりしたもんなのに。

だんだんと集まらなくなってしまった。

集まったとしても、誰《だれ》かの家に行き、ゲームをして遊ぶとか。

元《げん》もゲームは嫌《きら》いじゃなかったが、あれでは運動にならない。運動してるのはゲームのなかの勇者たちだ。それに、それこそ時間があっという間にたってしまう。

携帯《けいたい》電話のメールにハマってる連中もいるが、あれもそうだ。

あぁあ……、いつからだろう。

こんなに時間が足りなくなってしまったのは。

もっともっと子供《こども》の頃《ころ》、保育園《ほいくえん》に行ってた頃や小学校も低学年の頃は良かった。ありあまる時間を自由に使っていた。

あんなにぜいたくなことってないな。

この先、中学になったら、もっともっと時間がないっていう話だし。中学受験とかやってる連中は寝《ね》る暇《ひま》さえないって言ってる。

浦島太郎《うらしまたろう》じゃないけど、時間っていったいなんなんだろうなぁ。

「おい、元《げん》。だいじょうぶか？」

大木《おおき》に背中《せなか》をたたかれた。

いけない、いけない。ついぼんやりしてしまった。

「あ、ああ、だいじょうぶ、だいじょうぶ」

元《げん》はあいまいに笑いながら、ランドセルをかつぎ直した。

6

夢羽《むう》の家へ自転車で行くと、塔子《とうこ》が庭でハーブ類を摘《つ》んでいるところだった。

荒《あ》れ放題だった庭の一角を整地し、ちょっとした野菜類やハーブ、果物《くだもの》、花などを植えているのだ。

「おや、ボーイ。いらっしゃい！　よく来ました」

長い手足の彼女《かのじょ》はベージュの毛糸のカーディガンに、グリーン系《けい》のチェックのロングスカート、茶色の長靴下《ながくつした》に大きな革靴《かわぐつ》というスタイルだ。

ド派手《はで》なピンク色のビニール手袋《てぶくろ》をして、大きな口でニカーっと笑う。

足下に置いたカゴに、摘み取ったハーブをボンボン入れている。

すぐ近くの石の上には、ラムセスが座《すわ》っていた。

大きな体のわりに、足下の石は小さい。よくまぁ、バランスを取っていられるなと感心するくらいである。

塔子《とうこ》の声に反応《はんのう》し、ラムセスは元《げん》の顔を見上げた。

ブレーキの音をきしらせ、その辺に自転車を停《と》めた。

「あ、ども！」

野球帽《やきゅうぼう》を脱《ぬ》いで元《げん》は塔子《とうこ》に頭を下げる。

「ハンサムボーイはもう来てるわよ。さあさ、スコーンを焼いたからティーにしましょう‼　今日《きょう》のスコーンはメイプルシロップ味デース！」

塔子《とうこ》はカゴを小脇《こわき》に抱《かか》え、ずんずんと大股《おおまた》で家へ入っていった。

元《げん》はその後に続く。

元《げん》は「ボーイ」だが、小林《こばやし》は「ハンサムボーイ」なんだよな。

いつになく卑屈《ひくつ》な元《げん》は、こんなことにもいちいち反応《はんのう》してしまう。そんな自分が正直、嫌《いや》だし、めんどくさかった。

「おお、元《げん》。遅《おそ》かったな。今、台本にし始めたところだ。いろいろ演出《えんしゅつ》プランも出てきたからさ。江口《えぐち》もいたほうが良かったかもしれない」

元《げん》の顔を見るなり、小林《こばやし》が言った。

深い光沢《こうたく》のある木の床《ゆか》には、午後の日差しが長く伸《の》びている。レースのカーテンの淡《あわ》い影《かげ》やアンティークのテーブルや椅子《いす》の黒々とした影。そして、小林《こばやし》と夢羽《むう》の影《かげ》が重なっていた。

っくー、まったく。

どこまでも絵になるふたりだ。

白いシャツにジーンズの小林《こばやし》は上から白いカーディガンを羽織《はお》っている。スウェットのトレーナーに黒いジーンズの夢羽《むう》は、まぁ、何を着ても決まってるし。

「けっこう書けたんだ。ま、台本書くのなんか初めてだからさ。こんなんでいいのかどうかわからないんだけど。そうだ！　最初のほうの台詞《せりふ》、元《げん》、ちょっと読んでみてくれないかな」

小林《こばやし》に言われ、元《げん》はあわてまくった。

「う、うそ！　もうか？」

「何言ってんだよ。早く練習しといたほうがいいだろ？　オレが亀吉《かめきち》の台詞《せりふ》言うからさ」

「わ、わかった……」

夢羽《むう》が見ているんだ。かっこ悪いところは見せられない。

プリントアウトされたばかりの台本を必死ににらみつける。

「浦島《うらしま》さん、太郎《たろう》さん、浦島太郎《うらしまたろう》さん‼」

小林《こばやし》が声色を変えて言った。

（え？　オ、オレ？）と、元《げん》は自分を指さした。

小林《こばやし》は元《げん》の持っている台本を指さし、（ここだ、ここだ）と教えてくれた。

どうやら、二場の亀吉《かめきち》が浦島太郎《うらしまたろう》を迎《むか》えに来たシーンらしい。

「う、ううう、……もうお腹《なか》いっぱいだよ……んん」

元《げん》がおっかなびっくり言ってみると、小林《こばやし》が手をたたいて喜んだ。

「おお！　いい感じ、いい感じ。本番はもっと大きな声がいいだろうけど、感じは出てるよ」

「ほ、ほんとか？」

元《げん》はほめられると調子にのってくる典型的なタイプだ。

さっきまでのしょぼくれた気持ちはどこへやら、いつしか台本を読むのに熱中していった。

「ううう、な、なんだよ、こんな夜中に。まさか昼間のウミガメが化けて出たんじゃないだろうな⁉」

今度はもっとはっきり大きな声で言ってみた。

ちゃんと演技《えんぎ》っぽく声も変えている。

「すごい。元《げん》、いいよいいよ。なーんだ、楽勝だな、これは！」

小林《こばやし》が拍手《はくしゅ》した。

元《げん》はびっくりした顔で、思わず夢羽《むう》のほうを見た。

彼女《かのじょ》も微笑《ほほえ》みながら拍手《はくしゅ》してくれた。

「うん、かなり上手《じょうず》だと思う」

「マ、マジに⁉」

元《げん》は後ろ頭をかきながら、そうとう悪くない気分になっていた。

★準備

1

「ちえ、雨上がんないかなぁ。なかなか乾《かわ》かねー！」

美術班《びじゅつはん》の溝口《みぞぐち》は茶色っぽい髪《かみ》を振《ふ》りながら、うらめしそうに窓《まど》を見上げた。

床《ゆか》に広げた屛風《びょうぶ》にペタペタと青い色の絵の具を塗《ぬ》っているところ。最近は秋の長雨が続き、すぐには絵の具も乾かないのだ。

溝口《みぞぐち》の髪にも顔にも、青い絵の具が点々と飛んでいて、まるで原因不明《げんいんふめい》の伝染病《でんせんびょう》にかかった患者《かんじゃ》のようだ。

「しかたないよ。完璧《かんぺき》に乾いてからじゃないと、上に何か描《か》いちゃだめだからね」

美術班《びじゅつはん》のリーダー、冴子《さえこ》が顔を上げた。

彼女《かのじょ》の顔にも、前髪にも青色の絵の具がついている。

彼女《かのじょ》も床《ゆか》にはいつくばって、屏風《びょうぶ》に背景《はいけい》の絵を描《か》いていた。

といっても、かなりの大きさだ。絵の具がいくらあっても足りない。

「うーん、なんかもっと効率《こうりつ》よく塗《ぬ》れないかなぁ。こんな筆じゃだめだよなー」

冴子《さえこ》は自分の持ってる筆を見た。

それだって、いちおう一番大きな筆なのだが、どうもうまくいかない。

絵の具の量も半端《はんぱ》じゃないし。

「そういえば、うちで壁《かべ》塗った時も大変だったなぁ。あの時は刷毛《はけ》じゃなくて、ローラーで塗ったっけ」

金崎《かねざき》まるみが言った。

名前の通り、体も顔も顔のパーツも丸っこい。

彼女も丸いあごのあたりに青い絵の具がべったりついている。きっと汗《あせ》をぬぐおうとして、ついてしまったんだろう。ちょうど青々と剃《そ》りたてのヒゲみたいになっている。

冴子《さえこ》はその話を聞き、ピカっとひらめいた。

「そっか。そうだそうだ！　別に筆で塗る必要ないんだ。ねぇ！　何かない？　ローラーの代わりになるもの……」

「これとか？」

溝口《みぞぐち》が持ち上げたのは、筆をぬぐっていたスポンジである。

「いいね、いいね！　それ、いいじゃん。スポンジに絵の具をしみこませて、塗っていけばすぐだよすぐ！」

すぐかどうかはわからないが、筆よりはずっと効率《こうりつ》がいい。

三人は青い絵の具をあっちこっちにつけた顔のまま、笑い合った。

共同作業というのは、こういう時いい。いろいろとアイデアを出し合えるし、喜びもつらさも分かち合えるからだ。

美術班《びじゅつはん》だけではない。衣装班《いしょうはん》も演技班《えんぎはん》も音楽班も、五年一組は、かつてないほどの盛《も》り上がりで、今回の学芸会『浦島太郎殺人事件《うらしまたろうさつじんじけん》』に取り組んでいた。

今は放課後の時間だが、下校時間ぎりぎりまでみんな居残《いのこ》りでがんばる！　と申し出た。

もちろん、塾《じゅく》や習い事のある子供《こども》は途中《とちゅう》で家に帰ったが、それでもできるだけ関《かか》わろうとがんばっていた。

美術班《びじゅつはん》が、図工室で背景《はいけい》作りに四苦八苦している頃《ころ》、家庭科室では、衣装班《いしょうはん》が衣装作りに精《せい》を出していた。


「けっこうみんな浴衣《ゆかた》を持ってるもんだね！」

久美《くみ》が言うと、恵理《えり》も良美《よしみ》もにっこり笑ってうなずいた。

「うん、助かったね。今年《ことし》は数野戸神社《かずのこじんじゃ》の夏祭り、行った人多かったみたいだし……」

と、恵理《えり》が少しだけしょんぼりした調子で言う。

仲のいい女子たちから誘《さそ》われなかったのだ。みんなが示《しめ》し合《あ》わせて行ったらしいというのを、後になって他の友達《ともだち》から聞かされた。

ちっぽけなことかもしれないけれど、恵理《えり》にとっては苦い思い出である。

すると、久美《くみ》がやんわりと笑った。

「わたしは家族で行ったよ。妹とお母《かあ》さんと……」

久美《くみ》は妹とふたり姉妹《しまい》なのだが、少し前、新しいお母《かあ》さんと暮《く》らすようになった。

義母《ぎぼ》はとても優《やさ》しく、いろんなものを手作りしてくれる。浴衣《ゆかた》も、姉妹おそろいのものを作ってくれたのだ。薄い水色地に金魚柄《きんぎょがら》のかわいらしいけれど、すずしげなもので、姉妹ふたりともとても気に入っていた。

普通《ふつう》の店では売っていない、世界でひとつだけの浴衣だからだ。

妹の笑美《えみ》は赤いふわふわの帯《おび》、久美《くみ》は黄色のふわふわの帯をしめる。ふたり並んだ姿《すがた》を新しいお母さんは何枚も何枚も写真を撮《と》ってくれた。

みんなが持ってきてくれた浴衣にアイロンをかけながら、久美《くみ》はそんなことを思い出していた。

久美《くみ》の横で、帯《おび》を畳《たた》んでいた良美《よしみ》がぽつりと言った。

「わたし、友達《ともだち》同士でお祭りなんか行ったことないよ。浴衣も持ってないし……幼稚園《ようちえん》の頃《ころ》は持ってたみたいだけどね」

細くて、顔色の悪い良美《よしみ》。すぐ風邪《かぜ》をひいてしまうから、学校も休みがちだ。友達も特に仲のいい子はいない。

いじめられているわけではないが、かといって、ケンカするほどの仲の子もいないという感じだ。

「そっかぁ。良美《よしみ》ちゃん、わたしより細いし。もしよかったら、わたしの浴衣《ゆかた》着てみない？　わたしね。もう一枚《まい》持ってるんだ。あ、これだ、これ！」

と、久美《くみ》が山と積《つ》まれた浴衣のなかから、一枚を取り出した。

紺色《こんいろ》に赤や黄色の朝顔が描《えが》かれたオーソドックスなものだが、良美《よしみ》の胸《むね》にあててみると、意外とよく似合《にあ》った。

「ええ？　いいよぉ」

と、しきりに遠慮《えんりょ》する良美《よしみ》に、久美《くみ》が首を激《はげ》しく振《ふ》った。

「いいのいいの！　嫌《いや》だったらいいけどさ。わたし、お母《かあ》さんに新しいの作ってもらったし、これ、ちょっと小さいんだ。だから」

「ほんとに⁇　ううん、そりゃ嫌じゃないけど……」

いつも顔色の悪い良美《よしみ》の顔がポっと赤くなる。

ひとり、取り残された雰囲気《ふんいき》になってしまった恵理《えり》がうらやましそうにふたりの会話を聞いていると、久美《くみ》が彼女《かのじょ》を振《ふ》り返《かえ》った。

「じゃあさ。だいぶ先の話になっちゃうけど、来年の夏祭りは三人で行かない？　わたしも友達《ともだち》同士で行ったことないし、行ってみたかったんだ！」

すると、恵理《えり》の顔も赤くなった。

三人、胃のあたりがぶわっと熱くなってきて、わけもなく笑みがこみあげてくる。

「だいぶ先の話で、気が早すぎるけど……いいよ、や、約束しよっか」

おどおどした調子で良美《よしみ》が言うと、久美《くみ》も恵理《えり》もこっくりうなずいた。

そして、三人小指を出して、ひとつにからませた。

「指切りげんまん、嘘《うそ》ついたら針《はり》千本のーます！」

2

音楽室のほうでは、ピアノの前には里江《りえ》が座り、ポロポロンとピアノを弾《ひ》いたり、楽譜《がくふ》に音符《おんぷ》を書きこんだりしていた。

今、頼《たの》まれているのは童謡《どうよう》「浦島太郎《うらしまたろう》」のアレンジ。

いわゆる普通《ふつう》のバージョンでも歌うけれど、ロック調やジャズ風、そして、悲しそうなメロディにしたりと、いろんなバージョンを作ろうってことになった。

新しく作曲するのは大変だけど、もとになる歌があれば、なんとかなりそうだ。

里江《りえ》は「むっかしーむっかしー、浦島《うらしま》はー♪」と、ボソボソ歌いながら、ああでもないこうでもないと、黙々《もくもく》と作業《さぎょう》を続けていた。

方向がわかったら、歌う人たちや演奏《えんそう》する人たちに説明しなければならないから、ちゃんとわかるように楽譜《がくふ》に書いていく。

今はひとりの作業だが、いずれ、たくさんの人たちが歌ったり踊《おど》ったりするんだと思うと、里江《りえ》もわくわくしていた。

子供《こども》の頃《ころ》から、親に言われるままピアノを習っていたが、ジュニアのコンクールで賞を取るようになってからは自他共にピアニストを目指すことを意識《いしき》し、ハードにレッスンを続けている。

まだ小学五年生だというのに、将来《しょうらい》目指す道がはっきりしているのはいいわね！　と、よく大人《おとな》の人にも言われる。

時にはピアノを弾《ひ》いていると、その音楽の仲間に入ったような気がして楽しくてしかたない時もあるが、ふだんは地道《じみち》な基礎《きそ》ばかりだし、レッスンに明け暮《く》れるため、友達《ともだち》ともなかなか遊べない。

指に悪いからといって、球技《きゅうぎ》も控《ひか》えてきた。

それに、ピアノというのは孤独《こどく》だ。もちろん、オーケストラと組んだり、バイオリンや他の楽器と組むこともあるが、そんなのはまだまだ先の話。今は誰《だれ》かと合奏《がっそう》するわけでもなく、こつこつひとりでテクニックを積み上げていくばかり。

だからこそ、今度のように、みんなと合わせる……自分の作ったものをみんなが歌ったり演奏《えんそう》したりするというのは、楽しくってしかたなかった。

さて、五年一組の教室では何をやっていたかというと……。

もちろん、元《げん》たち、役者たちが稽古《けいこ》をしていた。

3

「ちょっとぉー‼　そこの人。助けてください！　まさかこのまま見捨《みす》てたりしませんよねぇ？」

亀吉《かめきち》役の大木《おおき》が床《ゆか》にうずくまったまま台本を読んだ。

もちろん、演技《えんぎ》も何もない。ただの棒読《ぼうよ》み状態《じょうたい》だが、衣装《いしょう》も何もつけていなくても大《お》木《き》がやればウミガメのように見えるからおかしい。

みんなクスクス笑っている。

元《げん》は短いホウキを釣《つ》り竿《ざお》に見立てて、肩《かた》に担《かつ》ぎ、通りかかったふりをした。

「い、いやぁ……ははは。えーっと、ど、どうしたんですか？」

すると、瑠香《るか》が大声で割《わ》って入った。

「だめだめ。元《げん》くん、もっと大きな声出さないと。『浦島太郎《うらしまたろう》』っていうのは浦島太郎《うらしまたろう》が主役なんだよ⁉　太郎《たろう》役の元《げん》くんが何言ってるかわからなかったら、この劇《げき》は誰《だれ》が何がんばったって失敗《しっぱい》なんだからね。とにかく恥《は》ずかしいとかいう気持ちは全部捨ててね！」

「う、うん……」

まいったなぁ。

恥《は》ずかしいとかいう気持ちは全部捨《す》てててって言われたって……。

途中《とちゅう》までできあがった台本を読んだら、乙姫《おとひめ》とのラブラブなシーンとかあって、とんでもなく恥《は》ずかしいことになっているじゃないか。

くっそぉお、小林《こばやし》のやつめ。

あんだけ頼《たの》んであったのに……。

と、教室の隅《すみ》っこで夢羽《むう》といっしょに台本の続きを書いている小林《こばやし》をにらんだ。

そっか……この台本は夢羽《むう》もいっしょに書いているんだった。

はぁぁ……。

ますます落ちこんでしまう。

「元《げん》、しょうがないよ。いったん引き受けたんだからさ。あきらめてがんばろうぜ」

亀吉《かめきち》役の大木《おおき》がニカっと笑った。

「おらおらおらおら、なーにサボってんだ！　早いとこやろうぜぇ!!」

「そうだそうだ。こら、太郎《たろう》！　サボ太郎《たろう》‼」

「ひゃっはっはっはっは、サボ太郎《たろう》のボサ太郎《たろう》‼」

ほとんど役のまんま、役作りなんかまったく必要のないバカ田《ダ》トリオが元《げん》の周《まわ》りで口々に言った。

今のシーンは彼《かれ》らもいっしょのシーンだから、早く自分たちの台詞《せりふ》が言いたくてうずうずしているのだ。

やつらを相手にするだけ時間のムダである。

げんなりしながら、元《げん》はさっきの台詞をもう一度言った。

今度はもうちょっと大きな声で。

「い、いやぁ……ははは。えーっと、ど、どうしたんですか？」

しかし、すぐにまた瑠香《るか》の声が飛んできた。

「だめー‼　元《げん》くん、今の三倍は声、出していこー‼」

うへぇぇ……。

こりゃ、とんでもないことを引き受けてしまった気がするぞ。

眉《まゆ》をしかめ、がっくりと肩を落とす元《げん》の背中《せなか》をバカ田《ダ》トリオが、交代で力いっぱいたたく。

「ほら、三倍、声出してこうぜぇー！」

「三倍だぞ、三倍‼」

「ったくよぉ、頼《たの》むぜぇぇ‼」

思わずにらみつけると、三人はうれしそうに言いたてた。

「おうおうおう！　なんだ！」

「なんか文句《もんく》があんのかよ！」

「あんのかよ！」

それはちゃんと『浦島太郎《うらしまたろう》』のなかの台詞《せりふ》である。

そのふざけた調子も、憎《にく》たらしい顔や動作《どうさ》も、腹《はら》が立つほどいじめっ子そのものだ。

目から火花が散るほど頭にきた元《げん》は思いっきり大声で怒鳴《どな》った。

「い、いや、ないよ。ははは、やだなぁ……そ、それより、えーっと、そうだ！　そのカメだけどさ。よかったら、ぼくにゆずってくれないかなぁ？　もちろん、ただとは言

わないよ‼」

すると、瑠香《るか》がすかさず叫《さけ》んだ。

「そう、それくらいだよ！　元《げん》くん、やればできるじゃん‼」

＊＊＊

「まぁまぁ、乙姫《おとひめ》様。落ち着いてくださいな。亀吉《かめきち》様、さっき出ていかれたばかりですよ。それにしても、本当にその浦島太郎《うらしまたろう》という男、竜宮人《りゅうぐうじん》なんでしょうねぇ？」

クマ江《え》役の佐恵美《さえみ》が台本を見ながら、その丸い顔を曇らせた。

隣《となり》で、同じように台本を持ったカサ子《こ》役の裕美《ひろみ》がウンウンと大げさにうなずいた。

「そうそう、そこなんですよ、問題《もんだい》は。本当は竜宮人《りゅうぐうじん》だけど、それを忘《わす》れてるだなんて。そんなこと、本当にあるんでしょうか？」

ふたりとも見事なほどに棒読《ぼうよ》みだ。

それに比《くら》べると、乙姫《おとひめ》役の成美《なるみ》はさすがにうまい。ミュージカルのオーディションで最終選考に残ったというのはウソではなさそうだ。

すでに台本も見ていない。くるんと振《ふ》り返《かえ》り、唇《くちびる》をとがらせた。

「そりゃ、わたしだってたしかなことはわからないけど……かぐや姫《ひめ》の話を聞いたでしょ？　彼女《かのじょ》だって月の住人だってこと、すっかり忘《わす》れてたそうよ。わたし、本人に聞いたもの。たしかよ、それは」

「あぁ、そうでしたねぇ」

「そうそう。だから、きっと太郎様《たろう》もそうなのよ。おかわいそうに……」

成美《なるみ》は胸《むね》のあたりで両手を組み、大きくため息をつく。

「ふふ、乙姫様《おとひめ》ったら、すっかり期待しちゃってませんか？　『太郎様《たろう》』だなんて！」

裕美《ひろみ》がまたまた棒読《ぼうよ》みをする。

成美《なるみ》は再び裕美《ひろみ》を見て、きつく言う。

「まぁ！　し、失礼ね。『太郎様《たろう》』だから『太郎様《たろう》』って言っただけの話でしょ。あぁ！　それにしても遅《おそ》いわ。イライラしちゃう」

「いい男だといいですねぇ。ま、そんなにハンサムじゃなくっても、ほどほどなら……」

佐恵美《さえみ》もまたまた棒読《ぼうよ》みをする。

成美《なるみ》がうまいもんだから、よけいに下手《へた》なのが目立つ。

「うっひゃっひゃひゃ、なんだ、それー！」

「『フフ、オトヒメサマッタラ、スッカリキタイシチャッテマセンカ？』」

「『イイオトコダトイイデスネー』」

バカ田《ダ》トリオがゲラゲラ笑い、裕美《ひろみ》と佐恵美《さえみ》のまねを大げさにしてみせる。

元《げん》たちと練習中だというのに、すぐ気を散らしてあっちこっちに首を突《つ》っこんで回るのだ。

当然、ふくれっつらになる裕美《ひろみ》たち。

しかし、棒読《ぼうよ》みなのは事実だから怒《おこ》るに怒れない。カサゴやクマノミではなく、フグのように頬《ほお》をふくらませ、彼《かれ》らをにらみつけた。

空気が悪くなりかけた時、パンパンと手をたたき、瑠香《るか》がバカ田《ダ》トリオを追い払《はら》った。

「ほらほら、あんたたち、自分たちの練習しなさいよ！」

そして、裕美《ひろみ》たちに笑いかけた。

「こんなやつら、気にするだけ時間の損《そん》だからさ。練習始めたばかりなんだもん、しかたないよ」

それでも裕美《ひろみ》たちは顔を見合わせ、ご機嫌斜《きげんなな》めのままだ。

「だって、成美《なるみ》ちゃん、ほとんどプロみたいなもんじゃない？」

「そうよね。それと比較《ひかく》されたら、いくら練習したって無理だと思う」

それではまるで成美《なるみ》が悪いような言い方だ。

いくら練習したって……と言うのなら、とりあえず練習してみればいいのにと、成美《なるみ》は思った。彼女《かのじょ》はできあがっている台本はすべて、昨日《きのう》のうちに暗記しておいた。それくらい何度も何度も繰《く》り返《かえ》し読んできているし、いろいろと感情《かんじょう》をこめて練習もしてきた。

ミュージカル好きの母は遅《おそ》くまで練習につきあってくれた。相手役の台詞《せりふ》を読んでくれたり、台詞や動作のアドバイスもしてくれた。

それに比《くら》べ、裕美《ひろみ》たちは一度か二度、サラっと読んだだけだろう。それも、文字通りに読んだだけで、声に出して読んだわけでもなさそうだ。

さっきから「竜宮人《りゅうぐうびと》」のことを「りゅうぐうじん」と読んでいるが、台本にはちゃんと「りゅうぐうびと」と読むことが記《しる》されている。

もちろん、つっかかりつっかかり、何度も読み直す。

「ほんと、すごいよね。よく台詞《せりふ》、覚《おぼ》えられるよね」

佐恵美《さえみ》がまるっこい目をさらに丸くして言うと、裕美《ひろみ》も言った。

「だよねぇ。やっぱ才能じゃない？　成美《なるみ》ちゃん、芸能人になったほうがいいよ！」

成美《なるみ》は苦笑《くしょう》した。

お芝居《しばい》をする人＝芸能人《げいのうじん》っていう感覚がよくわからない。ま、たしかにそう言うのかもしれないけど。

「うーん……」

「才能なんて大げさだよ。ただわたしはいっぱい練習してきただけだもん。ほら、練習しよ、練習！　さっきのとこからね」

何かというと、すぐストップし、休憩《きゅうけい》してしまうふたりに言い、成美《なるみ》はもう一度言った。

「そりゃ、わたしだってたしかなことはわからないけど……かぐや姫《ひめ》の話を聞いたでしょ？　彼女《かのじょ》だって月の住人だってこと、すっかり忘《わす》れてたそうよ。わたし、本人に聞いたもの。たしかよ、それは」

声も通るし、台詞《せりふ》回しもよどみない。

またまた裕美《ひろみ》と佐恵美《さえみ》は耳打ちした。

「あぁーあぁ、差がありすぎたよね」

「ほんとほんと。自信、なくしちゃうよぉ」

そんなふたりの愚痴《ぐち》はパス。いちいち取り合っていては先に進めない。

気にせず、どんどん練習していこうと決め、成美《なるみ》は演技《えんぎ》を続けた。

そんな三人を見て、瑠香《るか》も苦笑《くしょう》した。

あっちは成美《なるみ》に任《まか》せていればだいじょうぶそうだ。というか、演技指導《しどう》のほうは全部任せてしまいたいくらいだ。

新しい劇《げき》を最初から最後までまとめあげるというのは、考えた以上にものすごく大変だ。

だが、それだからこそやりがいもある。

きっとうまくいったら、すっごく感激《かんげき》するだろうなぁ!!

ううん、絶対《ぜったい》うまくいく。

うまくいくに決まってる!!

何もかも始まったばかり。台本さえ完成していないというのに、瑠香《るか》は成功するだろうと確信《かくしん》していた。

いやいや、台本だってバッチリ仕上がるに決まってる。

何せ、学年一の秀才《しゅうさい》である小林《こばやし》と天才少女の夢羽《むう》が担当《たんとう》してるんだから!

「小林《こばやし》くん、夢《む》羽《う》! ちょっと図工室のほうに行ってくるね!」

小林《こばやし》たちに声をかけ、瑠香《るか》は廊下《ろうか》に走って出た。

あぁ、なんて充実《じゅうじつ》してるんだろう!

胸《むね》がわくわくして、走らずにはいられなかった。

もちろん、この時は……この『浦島太郎《うらしまたろう》殺人事件《さつじんじけん》』にとんでもないアクシデントがたて続けにおこるとは……！
知るはずもない瑠香《るか》なのであった……。

つづく

あとがき

こんにちは！

夢羽《むう》を書いている時が一番幸せな深沢《ふかざわ》です。

なんちゃって、『フォーチュン』を書いてる時は『フォーチュン』書いてる時が一番幸せって思うんですが。

ま、とにかく今書いてるものが一番好き！　書いてる時が一番幸せ！　っていうのは、作家として大変幸せなことで。

その幸せをかみしめつつ、今回の夢羽《むう》、がんばりましたっ‼

えへへ。

学芸会ネタはやりたいねー！　と、前々から話してたんですけどね。

まさかこんなにトリッキーなことになるとは！

夢羽《むう》たちがやる創作《そうさく》ミュージカル『浦島太郎殺人事件《うらしまたろうさつじんじけん》』、これもきっちり書いて、さらにそれにリンクさせつつ、夢羽《むう》たちも書く。そして、現実《げんじつ》でもいろいろ事件が起こる。

頭のなかも大騒《おおさわ》ぎです。

だからこそ、やりがいがあったし、書き上げた時、すごーい達成感がありましたよ。

両手を思いっきり挙げ、「やったー!」って。


さて、その上巻《じょうかん》をお届《とど》けしますが……。

夢羽《むう》たちの学校では、秋に学芸会をします。皆《みな》さんの学校はどうですか? そこで、子供《こども》たちの自主性《じしゅせい》を尊重《そんちょう》し、みんなで劇をつくり上げていこうってことになるのですが。

台本を担当《たんとう》したのが、秀才《しゅうさい》で美少年の小林《こばやし》くん。

彼《かれ》が選んだ題材は『浦島太郎《うらしまたろう》』でした。

わたしもこのお話って、昔から好きで。竜宮城《りゅうぐうじょう》っていうのはどういうところなんだろう? とかね。玉手箱ってなんだったんだ? とか、なぜ現実の世界にもどると、何百年もたってたんだろう? とかね。

不思議なことだらけでしょう?

もちろん、おとぎ話はそういう不思議がいっぱい詰《つ》まった素敵《すてき》なお話なんですが。

特に、この『浦島太郎《うらしまたろう》』はファンタジーとしても、SFとしても優《すぐ》れてるなぁと思ってました。

後は『かぐや姫《ひめ》』もね。

いつか『かぐや姫《ひめ》』の話も書いてみたいですね。なぜかぐや姫《ひめ》は月からやってきたのか、そもそもなぜ竹のなかにいたのか？

だって、おじいさんに救出してもらえたからよかったものの、あのままだと確実《かくじつ》に死んでましたよ。それに、おじいさん、斧《おの》でスパっと切っただなんて、思い切りましたねぇ。

わたしだったら、怖《こわ》くってそんなことできません。赤ちゃんを傷《きず》つけたら大変ですもの。

あれ？　おじいさんは竹のなかに赤ちゃんがいるの知らなかったっけ？　そうだそうだ。

それに大きくなってからのかぐや姫《ひめ》って、けっこう意地悪というか性格《せいかく》悪くないですか？

言い寄《よ》る男の人たちに無理難題《むりなんだい》を言って、それができなければ結婚《けっこん》しないだなんて。最初からその気がないならね。

「申し訳《わけ》ないのですが、あなたはわたしのタイプではありません。どうかあきらめてください」

って、正直に言ったほうが親切だと思うんですよ。

ま、無理難題押《お》しつけられた男の人もね。自分で取りに行かず、家臣《かしん》たちに取りに行かせたっていうんだから、そういう根性《こんじょう》ではまずダメですね。

おっとっと……。

今は『浦島太郎《うらしまたろう》』のお話でした。

わたしはこの浦島太郎《うらしまたろう》という人物がかわいそうでかわいそうで。なんにも悪くないのにね。なんでカメを助けたお礼にって言われて、竜宮城《りゅうぐうじょう》に行ってただけなのに、帰ってみれば誰もいない、最後の手段《しゅだん》だと思って開けた玉手箱もねぇ。素敵《すてき》なおみやげのひとつも入ってるかと思いきや、白い煙《けむり》が出てきて、あっという間におじいちゃんだなんて！

ひどい、ひどすぎる！

そう思いませんか??

なので、今回はわたしなりに『浦島太郎《うらしまたろう》』を考えてみました。

いっしょに想像力《そうぞうりょく》を働かせて、楽しんでみてくださいね。

他《ほか》のおとぎ話もね。ちっちゃな子供《こども》の読むものだと思わないで、想像力を使いながら読んでみるとおもしろいですよ。

わたしは小学生の頃《ころ》、世界の民話とかおとぎ話とかが大好きで、よく読んでましたもん。

さてさて。

下巻《げかん》、夢羽《むう》の活躍《かつやく》もぜひ期待していてください。

すぐに会いましょうね！

深沢美潮《ふかざわみしお》

IQ探偵シリーズ⑭
IQ探偵ムー 浦島太郎殺人事件〈上〉

2010年3月 初版発行
2016年12月 第6刷発行

著者 深沢美潮《ふかざわみしお》

発行人 長谷川 均

発行所 株式会社ポプラ社
〒160-8565 東京都新宿区大京町22-1
［編集］TEL:03-3357-2216
［営業］TEL:03-3357-2212
URL http://www.poplar.co.jp

イラスト 山田J太
装丁 荻窪裕司（bee's knees）
DTP 株式会社東海創芸
編集協力 鈴木裕子（アイナレイ）

印刷・製本 大日本印刷株式会社

ISBN978-4-591-11567-1 N.D.C.913 172p 18cm
Printed in Japan

読者の皆さまからのお便りをお待ちしております。
いただいたお便りは、編集部から著者へお渡しいたします。

本書は、2009年12月に刊行されたポプラカラフル文庫を改稿したものです。

ポプラ ポケット文庫

児童文学・中級～

●	くまの子ウーフの童話集 ①くまの子ウーフ ②こんにちはウーフ ③ウーフとツネタとミミちゃんと	神沢利子／作	井上洋介／絵
●	うさぎのモコ	神沢利子／作	渡辺洋二／絵
●	おかあさんの目	あまんきみこ／作	菅野由貴子／絵
●	車のいろは空のいろ ①白いぼうし ②春のお客さん ③星のタクシー	あまんきみこ／作	北田卓史／絵
●	のんびりこぶたとせかせかうさぎ	小沢　正／作	長　新太／絵
●	こぶたのかくれんぼ	小沢　正／作	上條滝子／絵
●	もしもしウサギです	舟崎克彦／作・絵	
●	森からのてがみ	舟崎克彦／作・絵	
●	一つの花	今西祐行／作	伊勢英子／絵
●	おかあさんの木	大川悦生／作	箕田源二郎／絵
●●	竜の巣	富安陽子／作	小松良佳／絵
●●	こねこムーの童話集 こねこムーのおくりもの	江崎雪子／作	永田治子／絵
●●	わたしのママへ…さやか10歳の日記	沢井いづみ／作	村井香葉／絵

● 小学校 初・中級～　●● 小学校 中級～　●●● 小学校 上級～　●●●● 中学生向け

● **まじょ子 2 in 1**　藤真知子／作　ゆーちみえこ／絵
①まじょ子どんな子ふしぎな子
②いたずらまじょ子のボーイフレンド
③いたずらまじょ子のおかしの国大ぼうけん
④いたずらまじょ子のめざせ！スター
⑤いたずらまじょ子のヒーローはだあれ？
⑥いたずらまじょ子のプリンセスになりたいな

● **ゾロリ 2 in 1**　原ゆたか／作・絵
①かいけつゾロリのドラゴンたいじ／きょうふのやかた
②かいけつゾロリのまほうつかいのでし／大かいぞく
③かいけつゾロリのゆうれいせん／チョコレートじょう
④かいけつゾロリの大きょうりゅう／きょうふのゆうえんち
⑤かいけつゾロリのママだーいすき／大かいじゅう

●● **衣世梨の魔法帳**　那須正幹／作　藤田香／絵

●● **おほほプリンセス**　川北亮司／作　魚住あお／絵
わたくしはお嬢さま！